回望风雨

陈于湘回忆录

陈于湘 著

红旗出版社

爸爸和妈妈（绘画：李小林　刘亚洲）

三子刘亚武，一九六八年七月廿九日生于陕西宝鸡市人民医院。属猴。他是我们家庭最后的一个儿子。刚好是他的生日与他爸爸的生日就差一天。他爸爸生于午时，他生于酉时，前后相差近四个小时。小五的出生，我们家增添了一只猴，妈妈也属猴，哥哥也属猴，十三岁的弟也是猴，俗语曰："一家三只猴，吃饭不发愁"。我们的家庭是部队干部家庭，我们都是十几岁参加部队后组合的革命家庭。属于工薪阶层，虽然不象开放改革后私营企业主那样大把大把的进万金，但生活也较宽裕，衣食无虑，吃喝不愁，每月的工资也花了。

小五的诞生真是万般艰险伴随风险，偏偏万恶的七三年又逢文化大革命的浮生年代，没有什么革命就没有他，在整个社会十分动乱的情况下应运而出生的。

我们家已有了四个儿子，心心念念都十分渴望有个女，特别是像我俩的年纪，尤其是我刚不满十八岁就说参军离家，思想上都想再生一个女孩。能不能是女孩，我们心里也没有把握，就听天由命吧。

陈于湘手稿

目录

妈妈（代序）

刘亚洲

　　1949 年，二十一军解放温州，十七岁的妈妈毅然参军，外公挑着一担子货物追到部队，但妈妈坚决不回头。外公有几亩薄田，土改时被划为地主。妈妈说，外公这个地主比长工还辛苦，经常和长工一起下田劳作。在那个时代，戴上地主这顶帽子，境遇凄惨。我从未去过温州，因为爸爸不让。小学毕业时我错把籍贯填为"浙江平阳"，被爸爸讽刺挖苦多年："你愿意当地主的狗崽子哇！"我见过外公一面，大约在宝鸡，他来过。记忆中，那个孤独的老人总是怕见光似的躲在昏暗的角落里，窸窸窣窣地摸着什么，甚至跟我们说话也充满自卑。我从未亲近过他，并为此后悔了许多年。我身上毕竟流着他的血，可因为地主身份，我竟警惕。这是多么可耻的警惕啊。

外公看拽不回妈妈，再次到部队看妈妈时，送给她一枚金戒指。这枚戒指做工粗糙，成分也不太纯，但妈妈视若珍宝，把它缝在衣服扣子里。戎马倥偬，哪有安全之处，只有扣子最贴身，也最安心。1979 年，我结婚回宝鸡，妈妈把这枚戒指交给小妹。妈说她一直把它带在身上，屈指算来已三十年了。我突然鼻酸，几乎流下热泪。

妈妈很聪明，记忆力特强。直到今天，哪个人当司令，哪个人当政委，谁是省长，谁是书记，连我都搞不清楚，她门儿清。我们几个兄弟的聪明都是遗传自她。她写得一手好字，很多人说妈妈的字有男人之风，甚至比男人还刚劲。舅舅学的就是妈妈的字体。六十三师报道组牛效朋曾批评我："你的字比你妈差太远了。"我学不了妈妈的字，但继承了她的文学素养。她是热爱文学的，在我极小时她就订阅《人民文学》，至今我还记得我读的第一个短篇小说就是《人民文学》上的，依稀是个蒙古摔跤手的爱情故事。在山西榆次，一个冬夜，坐在小客厅沙发上，妈妈说："我这一生有个愿望，写一部小说，看来完不成了。"非对文学爱入骨髓，哪个敢动写小说之念？我偷偷看过妈妈的日记，语言流畅，用词灿烂。她的日记也许正是一部不错的文学作品。我的夙愿是，将来把爸爸妈妈的日记都整理出来。

妈妈是坚强的。她上中学时，学校在她不知情的情况下把她列入"三青团团员"花名册，后来"肃反"时，这成了大问题。记不得她是被停止了党籍还是被开除党籍，反正那些年她不"在党"。爸爸身为领导干部，也不便说什么。我只记得妈妈好像一遍又一遍地写入党申请书。她对组织有着岩浆般的炽热情感。"我把党来比母亲"，母亲抛弃她，她怎能不痛苦？很久以后妈妈成功了，终于又成为一名光荣的党员。

1978 年，亚伟考大学，成绩优异，因身体原因搁浅，妈妈带着我几乎跑遍西安各大部门。女人是脆弱的，母亲却是坚强的。当她推开一扇扇衙门时，她是无畏的、大胆的、不顾一切的。她的神情是江姐式的。我至今记得这个神情。爸爸不允许动用部队小车，我和妈妈就坐公共汽车，头顶烈日。在教育局门口，我们还吃了五分钱的冰棍。这是母爱的力量。

爸爸在副军职干了十四年，始终不得提升。妈妈居然敢去找时任武汉军区司令员周世忠，他曾是爸爸的老上级。殊不知，周再了解爸爸，也不能干预兰州军区的人事。妈妈对周说："这样对待我家老刘，太不公平了。"想想妈妈的举动，真个石破天惊。我们谁有这个勇气？爸爸虽未提升，但妈妈的举动令人难忘。爸爸有妻如此，足矣。

家族的兴衰

◇ 舜帝为血缘亲祖，齐王为吾族根源。先人工于书画，颇有文才，有的科考及第，入仕为官，名门望族，声震浙南一方。

◇ 子孙纨绔，家道中落，祖父阉猪谋生。时来运转，赌博大赢，建房置地，跃居殷实富足之列。

◇ 叔伯共四，居族、保、甲、校四长，扬官、族、财三威。土改时期，命运多舛，或田地被分，或身陷牢狱，甚至被处极刑。

◇ 父亲行三，习武经商，精壮强悍，然婚姻不幸，时局变幻，苦斗终身，不成气候。

一

查考姓氏通书，黄帝时期有陈丰两氏，两族联姻通好。尧帝时，招东方大族有虞氏后人舜作女婿，并继承尧之帝位，舜亦为陈姓血缘亲祖。周朝时期封舜后裔胡公满于宛丘（今河南省淮阳县）建立陈国，以国为姓，陈氏血脉相承薪尽火传，历二十世五百六十八年。至第十一世厉公时，为避宫廷内乱，逃至齐改姓田，后取姜齐而代之。传到齐王建时，秦国已拥虎狼之师，雄视天下。齐王建降秦后，子孙各奔东西。建之子轸迁至颍川郡（今河南省禹州市），以稼穑渔业为生计，此吾族之根源也。

族谱记载，先祖瓒公兄弟三人迁居浙江平阳凤凰山，至十七代道逊公时，迁居钱库（今浙江省苍南县钱库镇），其孙旭山公转迁陈家寺（今浙江省苍南县宜山镇陈家寺村）。至明末清初时，战乱频仍，十五家均逃散异地，仅留曾氏太婆幸避茅草之中免受危难，因无嗣后，领外戚之子国琛继承陈氏家族，繁衍后代。

这座名为陈家寺的村庄，古老自然，几乎百分之九十五的人口都姓陈，只有少数姓林的人家偏居村东北一隅，大多住草房，陈氏家族从来不用正眼看他们，而林家的祖先是从何处迁徙至此，无从考究。

浙江省苍南县宜山镇陈家寺村

我的先人大多半耕半读，工于书画，颇有文才，中过秀才、举人的有十多位，其中还有好几位出任清朝地方官。

至嘉庆道光年间，家族日臻鼎盛，官威、族威、财威声震浙南。到了我祖父这一辈时，几个兄弟均是纨绔公子，斗鸡走狗，不务正业，成天饮酒猎色聚众豪赌，短短几年就败了家业。有的输光了田产房屋，无栖身之处；有的被债主逼得走投无路，负石投河一死了之；有的拖儿带女，背井离乡；有的腆着脸皮随媳妇投靠在丈人家，寄人篱下吃软饭。煊赫一时的陈氏家族就此败落了。

二

我祖父名子铎，字作诰，年少时放浪形骸，赌博成性，眼看就要家破人亡。面对亲友的痛骂，乡邻的奚落，赌友的反目，祖父幡然悔悟：人生一世，草木一秋，自己死了不足惜，可千万不能断了妻儿老小的活路！于是发誓金盆洗手，干正事走正道。为了生计，他放下少爷的架子，跟人去学阉猪的手艺，由于手巧脑瓜活，不仅很快学成，而且成了阉猪匠中的"技术能手"。他每天肩背布褡裢，怀揣阉猪刀，腰插旱烟杆，走乡串户，阉猪骟羊，糊口养家。

苦心经营几年后，手头略有节余。有天赶集，路遇一个赌友，非拉他再赌上一场不可，祖父架不住赌友的怂恿，赌瘾犯了，又跨进了赌场。

也该是他时来运转，竟盘盘皆赢，白花花的银圆装满了褡裢，就连缠腰的袋子也塞得鼓鼓囊囊。本指望趁祖父赌技生疏猛赢他一把的赌友们懊恼不已，个个横眉怒目，眼珠血红，一言不发。

祖父看了看他们的面色，心想赌场无道义，脱身要紧，否则必有横祸！但赌场有规矩，赢家是不能先提出散场的。他要坏了规矩，那帮人说不定会合起来暴打他一顿，弄出人命来也不是没有可能。

祖父眉头一皱，计上心来。假装肚子痛，说要上趟厕所。赌友们疑惑，不同意他去。祖父便解下褡裢，举到一个赌友面前，正色道："钱财身外之物，道义无价之宝，你们既然信不过我，我就把这钱押这儿。还亏得兄弟一场！"

拉他入赌场的赌友面上挂不住，满脸堆笑说："陈兄赌品历来方正，我们岂能信不过？"

祖父掏出一百个"袁大头"，放在桌子上："帮我看着点，这是我下一把的注。"说着，不紧不慢地往外走，踱到赌场外，雇辆三轮车赶紧走了。

经这一番豪赌，祖父挣了一大笔钱。从此再也不干阉猪的活计了，开始在家乡置地建房，这位败落的陈氏家族后裔又萌生出重振门庭的理想。他建起了一座背靠龙虎山、坐北朝南、一进西院九柱的青砖瓦房。

庭院四周的围场用不同形状的石头砌成，给人一种古朴雄浑的感觉。墙门分东西两座，东面的墙门盖有一间房子，门口立起一对石狮，朱红的大门上镶嵌着一对铜兽扣环，光彩夺目。中央是通向正堂的过道，西侧是雇工的客舍，放些农具杂物。西边的墙门更高一点，有点西洋的味道，灰白色大理石雕刻着图案，高处有一对长着翅膀的胖娃娃，似飞起来的安琪儿，是专门请一位留洋的先生设计的，寓意飞黄腾达。

两座墙门，衬托四周高高的围墙，显得威武气派。门、厅、堂、楼、天井相间，高低有序，整幢建筑砖雕、木雕技艺精湛，不同凡响。房屋一共十六间，东面九间是中式的，除中堂是水泥地外，其余房间一律用木板铺就，窗户为条木图案，古色古香。西边的七间房是西式的，落地的玻璃窗组成会客室和书房，院内平展展地由东向西水泥铺地。

围墙的一角，种些桂花、葡萄、橙柿等果木，每到夏秋，群芳争妍，果实满枝。房前，有一片桑田，宅子周边漾着一湾流水，流水抚摸着河床缓缓流向远方山里人家。葡萄红透，桂花飘香，一派桃源景致。

远处，翠森森一片竹林，在微风中摇曳，做出一副风姿绰约的闺秀仪态。美人蕉、凤仙花、喇叭花等散布竹林四周，一会儿昂首四盼，一会儿又顾影自怜。群花拉扯着风的头发，青竹击打着风的面颊，风便呻吟着向深山里奔去，留下一串呜呜的脚步声。

房屋落成后，亲戚朋友、乡邻故里，不管路途远近、关系亲疏，都来捧场庆贺。祖父回想自己昔日的穷困潦倒，看看今日的风光体面，恍若隔世，兴奋不已，他觉得这一切都是赌博造成的，得失成败皆缘于此。便突发奇想，打算在房屋前面的墙上刻个骰子的造型，以作纪念。

他把自己这个创意讲与亲友听，亲友皆神情暧昧，含笑不语，祖父陡然回过神来：自己固然侥幸赌赢取得大笔钱财，可兄弟们却因此坏了声名，败了祖业，颠沛异乡，在门上刻骰子，岂不是自取其辱，遂作罢。

三

祖父子嗣甚多，生有四个儿子和四个女儿。

祖父虽身逢乱世，好赌成性，但也不算不学无术，而且他思想开明，敢接受新鲜事物，不吝钱财送儿女们到私塾读书。

民国中期，村里办起了洋学堂，他又把孩子送去接受现代教育，这在当时可谓标准的书香门第。叔伯们习文学武，知书识礼，方圆百里妇孺皆知。

几年的阉猪生涯，削减了祖父的公子哥习气，拉近了他与普通劳动者的距离，对人情世故有了更深的体会。他乐善好施，经常周济乡邻，在四乡口碑甚好。

男大当婚，女大当嫁。四子四女先后到了谈婚论嫁的年龄，因是大户人家，且口碑好，求婚者络绎不绝。

当年的婚嫁迎娶，场面非常热闹。特别是娶媳妇，更是风光体面。彩旗摇曳，鼓乐齐鸣，披红挂绿，宾客盈门。新娘头顶盖头，穿金戴银，涂脂抹粉，打扮得漂漂亮亮；新郎梳头净面，身穿中式长袍，收拾得利利索索。

按民俗，出嫁前，姑娘都是要哭的，不哭是要让父母心酸、婆家猜疑、乡亲笑话的。据老人讲，如果不哭，至少有两大过错：一是不孝，父母养你这么大，要出嫁了，一点也不伤心，没有感情；二是不贞，不哭就是高兴，就是不知道难为情，巴不得自己早点进丈夫家门享受男欢女爱。结婚要哭，哭还有这么多说道，可见封建礼教对妇女的歧视和束缚是多么严重。

我的四个姑姑出嫁时一个比一个哭得厉害，把我祖父祖母和亲友们弄得眼圈红红的。天知道这些眼泪里有多少是真情实感，又有多少是逢场作戏。有的甚至干打雷不下雨，搂着祖母干嚎半天愣是不见一滴泪，祖母的衣服倒是被弄得皱巴巴湿乎乎的，多半是口水。

结婚本来就是人生一大喜事，为何非要惺惺作态哭上一场呢？虚伪！

哭到一定时候，父母、亲友们觉得情绪酝酿得差不多了，婆家和乡邻不会有什么异议了，便会来苦苦相劝，说些"大喜的日子应当高兴才对""女婿人品好、公爹公婆讲理，不会受苦"之类的宽慰话，相互表演完毕，接下来便是出闺了。

按浙南的风俗，新郎那边迎亲的队伍来到女方家附近时，一定要放鞭炮，以示人已到了。女方家放鞭炮作回应，表示欢迎。然后大门紧闭，留一条缝，由新娘的弟弟或哥哥负责把守。新郎要想进门，须隔着门缝把一笔钱塞给舅子，叫"开门缝"。

如果女方家对女婿相貌人品、花费用度不甚满意，而且舅子年岁又小，便常常以小孩不懂事瞎要钱为掩饰，狠狠敲女婿一笔。丈母娘事先跟儿子交代好了底价，令其不达数目誓不开门。女婿来了，又要装得疼爱女婿，在门外面大声训斥儿子不懂事，姐夫来了还不赶紧开门，否则姐夫不高兴了。一面打墙两面光，里外里装好人。在这种情况下，索要的数额远远超过商定的数额，有的新郎常常因为阮囊羞涩而四处求借。

据我了解，这种进门之前先要钱的习俗流传很广，东西南北都有，只不过在形式和叫法上有些差异。我认为这是必然的，因为过去一个家庭子女众多，父母想方设法帮助女儿女婿从男方的大家庭中多拿些钱财，以便孩子今后的小家庭生活得好些。在许多地方，男方的彩礼女方家一分不动，放在姑娘的嫁妆里带回婆家去。

做父母的真是用心良苦。一切准备完毕，便由新郎将新娘从床上抱起来，送进花轿里去，一路吹吹打打到男方家，一拜天地二拜高堂，夫妻对拜后共入洞房，一个家庭便正式诞生了。

四

就是在这一套古老而又富有戏剧性的婚典仪式中，我的四位伯父叔父相继成婚，成立了自己的家庭。

我的大伯父叫陈振楷，字亦平，堂号益元。读过私塾，上过洋学堂，张口子曰诗云，闭口三纲五常，处世以儒学为标榜，论理均以孔孟为依据，典型的老学究味儿。他研究《易经》，善看风水。

我祖父去世后，选墓成了整个家族最大的事情。大伯父翻遍了风水历书，踏遍了周遭的山山水水，选中一处墓地。墓地两侧的山脉像椅子的扶手，延坡而上，酷似古代皇帝坐的龙椅，墓顶上有一块巨石，屹然而立。西头有一条小山路，通向山内。

大伯父认为，这个地方地势幽远，气象雄浑，有王者之尊，祖父安葬于此，子孙定能功成名就，出人头地。美中不足的是，墓西头的这条小石路不好，每天从早到晚有许多人来来往往，脚踩着我祖父的头，而东侧的山连绵远伸，树木葳蕤，如一条青龙向东方腾空而起。

大伯父认为，这个墓地的后人定是阴盛阳衰，儿子孙子一族遭到践踏，无甚建树，女儿一族则会是鸿运当头，风光无限。并预言这块地风水应在外甥一代，很有可能成为名门望族，甚至出将入相。

大伯父讲一口之乎者也，写一手好字，有此两项，足以在村中以学者自居。

在中国乡土文化习俗中，历来对读书人比较尊重，天地君亲师，做学问的人地位很高。在尊重读书人的社情民意的驱使下，大伯父被推上了族长的宝座。不管是族内纷争，还是异族相执，都由他出面调解。

为了祭祀先祖，凝聚族人，壮大族威，他亲自筹款建了一座陈氏祠堂，中堂摆满了先祖列宗的牌位。每到祭祀节日，全村人集中在祠堂外的场地上，依辈分大小入内，拈香下拜，叩头作揖，面色虔诚，甚至念念有词。

一般都是一家一家进入，因是夫家先祖，女人的敬重便要打些折扣，偶有动作轻慢、神情不穆者，丈夫便会回过头来狠狠瞪一眼，于是女人笑容凝固，动作迅捷，庄重如泥塑木雕，磕头似栽葱捣蒜，祈求祖宗保佑全家平安。

小儿们不知天上烟火人间礼数，趁大人不备爬将起来，跑向花花绿绿的祭祀物品，试图一饱口福，套在手腕上、拴在脚脖上的金铃玉坠叮叮当当地响。众人便从半梦中惊醒，齐刷刷看着孩童，孩童嬉笑一声，涎着口水去抓贡品，众人心里顿时紧张，赶紧看正襟危坐的族长大伯父。

族长微微睁开双眼，威严地一声咳嗽，正待发话，突然巴掌声传来，接着孩童哇哇地哭，女人怒不可遏："你个讨债鬼，那些个物什是生的，真是吃屎不知香臭，别哭了，待会儿给你个猪尾巴，吃了之后不尿床，他爸你也一起吃。"

众人想笑，却又不敢，压抑的笑声变成打鼾似的喘息声，大伯父顿感索然寡味，便把嘴闭上。

冗长而肃穆的祭祀仪式终于结束，众人觥筹交错，吃饱喝足之后扬长而去。

大伯作为一族之长，平常老摆着一副很严肃的面孔，小辈对他都敬而远之。他貌似君子，实为小人，虽说读了许多圣贤书，却不知礼义廉耻。

我祖母年事渐高，大伯父思量老骨头也没有多少油水可榨了，总琢磨着要把老太太赶出家门，加上媳妇的怂恿挑拨，更给他撑了腰壮了胆。

经过左思右想，他终于找到了借口。一天，他把我父亲叫去，道貌岸然地说："三弟，百善孝为先。为人子，当常思舐犊之情养育之恩尽孝回报。母亲在我家，我可谓一日三省，时时处处想着要让她老人家安享晚年。但现在有些于心不安了。"

父亲体会不出伯父言外之意，说道："大哥有话请明说。"

"我家房子紧张，子女又多，经常吵得母亲休息不好，怎能安度晚年？"

父亲隐约猜到了伯父的用心，心想，当初分家，你为了多得一间房子，以长子尽孝为名，把母亲接到家中，现在目的达到了，就想扫地出门赶她到其他兄弟家中，没门儿！父亲亦不动声色地说："大哥的苦处我明白，要不人家怎么会说长子不好当呢？幸好你家房子还大一点，要不——"

伯父听出了父亲的弦外之音，他绝对不能容忍无论学问、声威、年龄都不如自己的兄弟向他挑战。他打断父亲的话，仍然不紧不慢地说："母亲虽然年迈，但毕竟生活还能自理，你家在外开店坊，房子宽敞又无人居住，母亲搬到你处去住，还能为你看望前后门户，岂不一举两得？！"语气中满是族长的威严和兄长的果断。

父亲没有提防到伯父会在他身上做文章，一时无言以对，又一盘算，罢了，与其让母亲在你家受罪，还不如到我家过几天太平日子。便答："照大哥的吩咐办。"

搬家的时候，伯父和伯母又做了一番精彩表演，嘴里说舍不得母亲搬到老三家去，手上却不停地拾掇东西。

他家小女儿——我的堂姐从外面玩耍回到家，见奶奶搬家，便抱着奶奶的腿不让走，一把鼻涕一把眼泪哭得很伤心。

祖母见小孙女这么伤心，左右为难，便有些不想走。大伯母"啪"的一巴掌把女儿打出老远："你们几个讨债鬼，成天吵吵闹闹，奶奶能不心烦？"

伯父装出一副笑脸对祖母说："妈，有空就到家里来坐坐，离得也不远嘛。"

夫妻俩就这样演着双簧把祖母连哄带骗塞到我家。

我爸向来知道大哥虚伪圆滑。对他这些做派也就习以为常了，经常把大哥大嫂的言行表演给我们看，学得惟妙惟肖，一家人乐不可支。

那时我尚年幼，但对像大伯父这样伪善圆滑、工于心计的旧式文人，却有很深的印象，隐隐约约觉得，做人还是先得做个好人，要不然读一肚子书也是枉然。

父亲快人快语，没有城府，对祖母说："当初大哥要您去他家住，是为了兄弟分家时多分一间房子，目的达到了，现在又把您扫地出门，真是心术不正。来我家住下亦好，省得我送给您的年货都吃不到您嘴里去。"

祖母操持一个大家庭数十年，风风雨雨什么事情没经历过，个中人情世故怎么会不知道？对大伯父的为人和用心，早就心知肚明，只是碍于脸面难以启齿罢了，毕竟长子在这个家庭的位置是举足轻重的。

父亲这一番话，把大伯父用圣贤书和八股调涂抹的面皮赫然揭下，祖母心中颇不是滋味，用袖口拭去泪水，紧拉着我父亲的手，说："老三，不要讲了，妈不糊涂。"

打那以后，我对大伯父的感觉从敬畏变成了鄙视和怨恨。大伯父不仅城府阴深，而且生性吝啬，势利刻薄。他的书房内藏书很多，我小时特别喜欢看书。我十岁时候的一天，与他女儿——我的堂姐商定，用一袋糖果换借画书一本。

伯父发现后勃然大怒，逼我交出了画书，而糖果却留给我堂姐吃，并凶巴巴地对我说："以后再进我家门，打断你的腿。"我那时虽然年纪不大，但是个有血性、有志气的人，从此以后对他和他的家人厌而弃之。

一直到我十七岁参军，都没有再踏进他家门槛一步。

五

二伯父陈振模，字龙驹，堂号泰享。他为人机灵，性情豪放，虽然上过几年学堂，但由于生性顽劣，祖父见他不是读书的料，便鼓励他习武强身。于是二伯父便时常习武学拳，结拜兄弟。

二伯父长得英俊潇洒，办事有能力，又善于交际，而且家境殷实，很快他被推举为保长。

民国时期，三个自然村为一保，保长的职位也就相当于今天的村长之类的职业，本是品外小官，不值一提。但由于政治黑暗，官场腐败，保长在当时算是个响当当的人物。二伯父机敏乖巧，善于见风使舵，镇上摊派下来的招兵、催粮、要款等任务，都由他来落实，成天周旋在黄狗子（伪军）与黑狗子（伪警）之间。

上头来人到村里摊派差事，他总要请他们到家里吃饭，好酒好茶侍候着，然后在钱粮税捐的多寡轻重上与他们讨价还价。应当说这其实也是在变相地帮助乡亲，是做了好事。但可惜的是，他做的好事知之者甚少，而所做的坏事，却是众所周知。

他借着保长的权势，常与流氓地痞为伍，欺压乡邻百姓。本村的还好些，对另外两个村的人从来都是吆来喝去，盘剥欺诈，众人敢怒不敢言。

二伯父还有一大恶习，就是搞女人。这固然与生性风流有关，而不幸的婚姻也是一个不可忽视的原因。

二伯父十六岁时便娶了老婆，老婆比他大好几岁，常年患哮喘病，面黄肌瘦，讲起话来上气不接下气，夫妻之间甚不般配。二伯父长相招人，有钱有权，而且口齿伶俐，善于察言观色，拈花惹草的条件非常"优越"。

附近颇有姿色的女子，他自然是近水楼台先得月地占为己有，在周围四乡八镇，只要被他看中的女人，他都会不择手段迫其就范，姘妇情人一大串，可谓村村都有丈母娘。

我祖母经常训斥他"不走正道"，乡亲们对他更是恨之入骨。二伯父却不以为然，他从不否认自己是纨绔子弟，而且以此为荣，在家人的白眼和乡亲的唾沫星子中，怡然自得地过着"今朝有酒今朝醉"的糜烂生活。

六

我父居三，叫陈振雕，字德利。他经农兼商，虽文化不高，但精明过人，善于持家，能记住商店内所有往来账目。他对大哥的虚伪迂腐尖酸和不事稼穑不屑一顾；对二哥为虎作伥、滥施淫威嗤之以鼻，下定决心要重振陈氏家族。

陈于湘之父陈振雕

我的父亲是个实干家和创业者。年轻时就经常外出经商，走上海，下杭州，去温州，长见识，并且挣了不少钱财。

后由于兵连祸结，世道太乱，他便回到家乡置办了一些田产，为了安排三十亩地的农事，父亲雇了一名长工，农忙时还雇一些零工帮助干活。他还在村头交通要道上开了一个杂货店，卖些烟酒、糕点、南北干货以及香烛纸钱之类的物品，过起了半农半商的生活。

小店铺面不大，共有三间，用今天的标准来看，规模当是介于小商场与小卖部之间。店门的两侧有一副对联：

生意兴隆通四海
财源茂盛达三江

对联是父亲请人写的，尽管大伯父写得一手好字，但父亲对他历来无感，自然不会求之于他。小店生意不算很好，赚几个零花钱而已。

小店后面是一条小河，河那边就是我们陈氏家族的祠堂，祠堂里办了私塾，后来改为国民小学。我在小店里，常听书声琅琅，十分羡慕，细想起来，自己读书求学的兴趣就是从那时被激发出来的。

若干年后，我父亲的生意越做越大，在宜山镇上又开了一个店铺，正式字号为"陈正大号南货店"。这个店面当时在宜山镇算是首屈一指，经营品种很多，买卖非常兴隆，声震浙南。

我的家乡离福建很近，民间武术门派以南少林为主，长于拳术。由于时逢乱世，祖父认为只有文治武功兼而备之，才能上可安邦定国，下可护院保家。因此，我的父亲和二伯父一样，从小拜师学拳，一套南拳打得呼呼带响，功夫甚是厉害。浙南一带不少人拜他为师。

父亲功夫和品德齐修，可谓德艺双馨。如果不务农经商，潜心武术，很有可能会成为一个有所作为的民间武术家。父亲也曾想做一个天马行空、超然物外的游侠，无奈民生凋敝，生计艰难，回避世俗营生只有死路一条。

我的父亲是一个不幸的男人，这种不幸集中表现在他的婚姻上。我的生母，是父亲的原配，生性和身体都很羸弱的一个旧式女性。她没有文化，一辈子恬退隐忍，受尽族人的白眼和奚落，生活得非常压抑，毫无幸福可言，长期郁郁寡欢耗尽了心力，透支了生命，三十来岁便扔下五女一男，撒手西去。

继母比父亲年龄小了许多，相貌尚可，但品性不端，为人尖刻刁钻，娶入门后，与我的大姐陈玉梅经常吵闹不休，家庭矛盾日益突出。

俗语讲，人勤百业旺，家和万事兴。父亲虽然能勤俭治家经营有方，但家事纷乱，成天在妻女的争吵中进退维谷，搞得心力交瘁，疲惫不堪，虽苦斗终生，终不成气候。

多年之后，我也为人妇、为人母，风风雨雨生活至今已七十载，尽管时代变迁，生存的背景和环境不尽相同，但我仍然能体味到父亲当年的那份痛苦和无奈。

我一直认为，我们的民族心理素质乃至国民特性与女性有很大关系。一个男子，年幼时，要受母亲的教化；年长后，要受妻子和其他女人的影响；由于我们一贯重男轻女，男儿不厌其多，所以年迈时，往往要受儿媳妇们的掣肘。

一个男人成长奋斗的过程，就是与不同身份的女性接触交往、周旋撞击、整合嬗变的过程。这些年来的一些文学作品，比如《红高粱》《伏羲伏羲》，还有大儿亚洲写的部分作品，都比较深刻地揭示了这种关系。

所以，当我为人妇、为人母的时候，我就想着要做一个对丈夫对儿子有积极影响的女性，往小里说，恪守妇道，尽好相夫教子的责任；往大里说，为国家和社会培养英才。

七

我的四叔叫陈振冠，字陈冲，堂号吉贞。他从小读四书五经、唐诗宋词，学问虽不能与大伯比，但在四乡八镇的读书人当中，当算出类拔萃。

四叔是个小学校长，祖宗留下的几亩地常年雇人耕作，解决吃饭问题，教书收取学费，解决用度问题。他清心寡欲，与世无争，加上热心公益，推广教育，从不过问政治，内无积怨外无新仇，土改时没有受到太大冲击，倒也落得个逍遥自在。

四叔对古典文学颇感兴趣，熟读《三国演义》《红楼梦》《西厢记》《封神演义》等作品，喜欢给人们讲古典书籍中的一些故事。

每到炎热的夏天，我们一群小孩便替他搬出藤椅，让他躺下，有的提壶沏茶，有的敲背捏腿，把他侍候得舒舒服服，好多听故事。每晚听故事的小辈中必有我，什么唐三藏西行取经、姜太公渭水钓鱼、孔明借东风火烧赤壁、孟姜女哭倒秦长城、梁山伯化蝶追魂、白娘子饮恨雷峰塔……每次我都听得津津有味。夜阑人静，悠远的思绪随着四叔的叙述走进遥远的古代，与一个个神奇而可爱的人物同欢笑、共悲切。那种感受至今虽已过去六十多年，但每每回想起来，仍然是那样真切，让人激动不已。

一个人不能没有创造力，而创造力的初始便是想象力。感谢四叔，是他娓娓道来的故事，帮助一个山村家庭的小女孩插上了想象的翅膀，让她精骛八极，心游万仞，去感悟、去设计这个充满生死爱恨、恩怨情仇的大千世界。

时间一长，四叔睡意渐浓，当讲到一个紧要关头时，便把折扇合起来往躺椅的扶手上一拍，打一个哈欠。"好了，今天就说到这儿。"我们只好带着悬念等待着第二天晚上的到来，那种翘首以盼的心情真是难以名状。有好几次，在散场后我不愿离去，缠住四叔告诉我下面的情节，直到有了答案才心满意足，否则睡不安宁。

多少年后，听到一段相声，说一个人因听评书而生病了，担心杨宗保搬兵不能成功——我相信生活中真有这样的人。我们浙江有句俗语，叫"看戏掉眼泪，替古人担忧"。这有什么不好呢？父精母血孕育了我们，皇天后土润泽了我们，钟灵山水造就的至真至诚的尤物，敢爱敢恨是生命至圣至伟的旗帜。古今中外大量事实证明，笑得畅快、骂得痛快的人，多半拥有率真而丰富的人生，多半具有迷人的个性风采和超群的血性良知。

四叔认为要振兴陈氏家族，出路在教育，关键在学养，只有把教育搞好了，子孙才能知书达礼，才能安邦保民。他在摆满了列祖列宗牌位的陈氏祠堂内，办起了国民小学，自任校长，广收门生，以提高后生安身立命的本领，拯救家族于既倒。四叔父这种执着的选择，赢得了族人的赞赏，口碑超过了他的大哥。用今天的眼光来看，四叔父是比较早地知晓教育救国道理的人。

四叔认为，为人师者，不管在学生面前，还是在公众眼中，都应当是师表行为的楷模，应时时处处事事维护师道尊严，以更好地教化民众、造就英才。他特别讲究穿着，并把衣着作为师道尊严的一个重要方面。冬天戴着貂皮帽，身穿尼布大衣，夏天则是丝绸便装，左边口袋上插上进口的洋钢笔，特别令人羡慕。

以固定的器物标识身份、凸现智慧、彰显品位、展示个性是中国文人的习惯。他居所的松竹梅兰、桌上的诗书笔砚、说话时的慢条斯理、走路时的一板一眼……莫不如是。即使穷困落魄如孔乙己者，也要穿着长衫，津津乐道于"茴"字的四种写法。

四叔一辈子以教学为生，教过的学生不下数百，虽说桃李遍地，但毕竟时逢乱世，学生中鲜有成才成器者。

我四婶不能生育，膝下无子，当保长的二伯父将其三儿子过继给他家，以延续香火。生不了孩子，我四婶自感罪愆深重，待人接物总是低眉顺眼，忍气吞声。

八

解放初期，部队南下，除执行扫除浙东一带蒋介石残余部队、剿匪等任务外，还要组成工作组，深入农村开展减租减息，斗地主分田地，划分农村阶级成分等活动。

我当时已加入了队伍并参加了土改工作队，一心追随中国共产党，追求真理和光明，想从军报国，为劳苦大众的翻身解放出力流汗。但毕竟家庭成分高，还有一个作为"反革命"被人民政府镇压的伯父，组织和领导自然对我特别关注。我懂得党的政策，也知晓一些政治生活的规矩，多次向组织表态：坚决站稳无产阶级立场，与反动家庭划清界限，实际行动和现实表现都是积极的。

我白天参与土改，开展减租减息分田分地活动，宣讲政策，发动群众，安排部署一些具体工作，忙得不亦乐乎；夜深人静时才有空想自己的事——想到风雨飘摇中的陈氏家族和遭到灭顶之灾的亲友，心里总不是滋味。

我深切地感到毛泽东对中国国情理解得深刻，对中国农民了解得深透。"打土豪，分田地"，一个天才的口号啊！你单枪匹马是斗不过豪强地主的，要团结一致，最好的办法就是投入队伍中；给你减租减息分田分地，你就必然铭记恩情竭力回报。这比"等贵贱，均贫富""平均地权""民族，民权，民生"等任何口号都要高明，它用最通俗的语言描绘了最直接的理想，表达了最原始的欲望，采用了最具体的方法。

当领袖开始把打倒土豪劣绅、赢得土地田产作为唤起斗志、激发参与的一个重要筹码时，就决定了这场以农民为主体的革命必然会是深入彻底的。

有人说，解放军是一群穿军装的农民。抛开褒贬色彩不论，这句话说得非常客观。我的丈夫是这样，从安徽宿县一个名叫宝光寺的穷山村走出的苦孩子，我丈夫的同事们是这样，当时千千万万的军人也都是这样。

多少年后，我看电视剧《激情燃烧的岁月》，对一些情节倍感亲切和真实。

一位写朝鲜战争的作家，在中央电视台做嘉宾，分析抗美援朝战争中我们的战士为什么能这样出生入死无所畏惧，说这些军人都是农民或农家子弟，他们对土地有着深厚的感情，为了捍卫这些土地不再失去，他们会舍弃一切，甚至生命。我觉得他的话很有道理。

九

陈家寺虽说偏处一隅，但在革命大潮的推动下，村民们仍然显示出了强大的冲击力。群众被发动起来了，昔日树叶掉下来也怕砸着脑袋的人们，也起来闹革命，革命带来的分地分房的美好前景，足以使人们摩拳擦掌，跃跃欲试。

斗争的对象自然是殷实富足人家，陈氏家族在村中是大户，有宽宅大院、良田若干；族中有族长、有甲长、有校长、有保长，一方土地的政权、族权、神权、夫权，都在哥儿四个手里握着，这样的人家不成为头号革命对象还会成为什么？

陈家寺的土改运动先从划成分开始。只有先划分阵营、甄别敌我，才能师出有名，才能目标明确。我父亲他们四兄弟顺理成章地被定为"地主"成分，而我家因为在村头开个小店卖杂货，还要加上"兼工商业"。整个家族灰头土面，战战兢兢，如临深渊。

大伯父时时处处都能显出读书人的眼光和韬略。他一看革命大潮波涛汹涌，为形势一片大好叫苦，但他深知"识时务者为俊杰"的道理，到我家中，对我父亲说，前些年我孩子小，怕吵闹母亲，让母亲暂居你家。现在孩子大了，屋子也清静了，我接母亲回去住。

在这件事情上，我父母自然不会像伯父那样城府很深，用心叵测，虽也觉察到大哥的行为异常，但又找不出反驳的理由，将信将疑地让祖母搬回他家里。

这样一来，按人均居住房屋计算，我大伯父离暴富豪富的距离自然又远了一点，安全系数无形中又大了一些。

大伯父还召开了秘密家庭会议，统一了全家十几口人的思想，商定了对策。未等土改队到家，就抢先一步将那些破旧家什拿出来，让土改队的领导和骨干分子抬走，并情真意切地表示要迎合潮流，改恶从良，坚决拥护共产党的政策，坚决拥护土改队的革命行动。

土改队领导一看大伯父这虔诚态度，手下留情，大伯父家不仅房屋没有被分掉，而且被定为"开明地主""开明士绅"，全家安然无恙。

劫难是躲过去了，但毕竟还是惊弓之鸟，心有余悸。其时，他的大儿子就读于上海同济大学，是我们家族中唯一的一名名牌大学生，因害怕革命殃及自身，寒暑假躲在上海，一连好几个年头不敢回家。

相对大伯父而言，二伯父无论是学识修养还是政治头脑都相差甚远，且在地方积怨多，自然是在劫难逃，被划为"历史反革命分子"。

陈家寺附近有一个小学校，土改工作组将它改造了一下，变成了一座临时监狱。二伯父被带走后，就一直关押在那里。因为罪责重大，所以他被单独关押在一间小屋里。地上放满了水，让他光着脚整天泡在水里。每夜不许睡觉，时常有人来，要他交代罪行。

由于要坚决划清界限，整个家族没有一个人敢去看他。我父亲是地主兼工商业者，我四叔是地主，均受到管制，被监视行踪，不能随便出入。

我爸担心他二哥，考虑到大哥政治处境要好一些，便去求大哥到监牢看一看。

大伯父严词以对："你们谁出的主意，想坑害我啊！我是开明地主，岂能不和历史反革命分子划清界限？！"说罢欲走。

我父亲一把将大伯父的胳膊拽住，恳求道："大哥，你跟二哥毕竟是亲兄弟，去看一看吧。"

大伯父眼一瞪："我要大义灭亲，站稳立场。"

父亲说："你是读书人，最讲理义。我们家庭大难临头，你也得顾及一点吧。"

大伯父一阵冷笑："人常说，夫妻似鸟同林宿，大限来时各自飞。夫妻都是这样，况兄弟乎？"

我父亲很生气，差点跳上去揍他，最终还是忍住了，冲地上狠狠地吐了一口唾沫，头也不回地走了。

二伯父的大女儿叫淑梅，还未出嫁，不知父亲生死，便壮着胆子到小学校去。苦苦哀求半天，被允许隔着窗户看一眼。

淑梅一看她父亲，两条腿被水泡胀，肿得有水桶那么粗，两个眼球往外鼓着，神志不清，斜躺在地上的污水里。顿时心如刀绞，惨叫了一声"爸"就晕倒在地。

几天后，二伯父被枪决。当时，家人不敢告诉年近六旬的祖母，怕她受不起失去儿子和羞辱门庭的双重打击。

二伯父被枪决后也没有人通知收尸，淑梅雇了一只小船，待夜深人静时才偷偷地将尸首运回，随便埋在一个乱坟岗里。

十一

我父亲在村里受到管制，除经常要被集合起来训话受些侮辱外，倒没有受多少皮肉之苦。以前他虽挂了个甲长的名，并无恶行，也划不到"历史反革命分子"的行列中去。由于生育了五个女儿，家里缺少劳动力，而且自己主业经商，对农事也并不在行，为种好三十亩地，雇工帮耕帮种。虽说只雇有一两个人，而且是时令性的，但按当时政策，只要有雇工就算剥削，只要有商品经营就算从事工商业，父亲自然被划入了"地主兼工商业者"，从祖宗那里分得的三间堂房和三间厢房全部被没收，全家被赶到村头小河边的小杂货店里居住。

我父亲做生意时赚来的一些银圆和铜板，都藏在厢房隔墙内，当时没来得及取出。这间厢房分给一户成分为贫农的人家居住，使他家得了一笔不小的浮财。

划完了我父亲的成分，分完了我家的家产，政治上、经济上都有了定论，但事情并没有完，还有一个对生命个体如何处置的问题。这件事委实让土改队犯了难：枪毙吧，此人并无民愤，而且行善积德，口碑尚可；不办吧，又心有不甘。

最后，经土改队一位领导拍板，把我父亲押送到平阳县城坐了两个月的牢，后又以保护工商业为由放了回来，继续让他经商做买卖，这叫宽猛相济、恩威兼施。

新中国成立后，各地建立初级社，1955年对工商业进行社会主义改造，实行公私合营。我们家在宜山镇开办的陈正大号南货店，经公私合营后，成立了"平阳县宜山镇供销合作社"，我父亲到供销社当了一名职工。月薪二十五元，却要养活全家十五口人，困难程度可想而知。我家在村口开的那间小店，由于位置太偏、规模太小，上头不感兴趣，便没有参加合营。在六十年代经济困难时期，父亲被作退休处理，由我四妹陈满娟顶替上班。父亲回村后，仍开那间小店做小本生意，挣些零钱补贴家用，一干便是数十年。

十二

1978 年，党的十一届三中全会胜利召开，中国社会进入改革开放新的历史时期，政治清明，政策宽松，人们从"左"的束缚中解脱开来，在商品经济的海洋里千帆竞发。温州人历来会做生意，现又有这么好的政策，更是当仁不让地领风气之先，家庭式、家族式的工商企业如雨后春笋。

我父亲在民国时期就是平阳工商业的元老，具有很强的经营能力，身逢幸世，本应是他放手大干的绝好机会，无奈一生奔波劳碌，暮年已是体弱多病，于 1982 年 9 月 17 日撒手西归，享年八旬，是他四个兄弟中最后一个离开人世的。

两年以后，继母亦溘然长逝，她来陈家填房，生下子女六个，加上我母亲生前留下的六个子女，共计九女三男十二人。除五妹于1980年10月10日在陕西宝鸡遭车祸不幸去世外，其余都健在，在温州城乡过着平民的生活。

这么多兄弟姐妹里，唯有我早年参军离家，辗转浙江、山东、山西、陕西、甘肃等地，后来转业到地方工作，离休前为中国人民银行甘肃省分行工会副主席。丈夫刘建德，曾任兰州军区后勤部副政委，副军级。

我和建德同志共生育五子：长子亚洲，次子亚苏，三子亚伟，四子亚军和五子亚武。

老大刘亚洲，从部队考入武汉大学，英语专业本科毕业，后获硕士学位，任中国人民解放军国防大学政委。

次子刘亚苏任总参二部副处长，副师级，拥有两张大专学历文凭。

三子刘亚伟公派赴美深造，获博士学位，在美一大学任教。

四子刘亚军，赴美读取硕士学位，任计算机工程师。

五子刘亚武空军导弹学院本科毕业，在北空地空导弹某团任政治处主任。

当年我们生了清一色五个男孩，二十一军许多官兵印象深刻，由于我们教育有方，几十年后，五个儿子个个学有所成，业有所就，成才成器，更是被大家传为美谈。

我和老伴都是共产党员，也担任过领导职务，虽不讲究光宗耀祖那一套，但说句老实话，我们毕竟还是从旧时代过来的，见到孩子们成才有出息，总觉得是对家族、对先辈的一种安慰和回报，心里常有种说不出来的高兴。

苦难的童年

◇ 出世之前，已有两姊，父盼男丁，延续香火，又得一女，心灰意冷，怨怒不已，为我取名"陈多余"。

◇ 八岁时，大婶、女佣密谋，欲卖我作童养媳，我倒地打滚，破口大骂，逃过一劫。

◇ 九岁时，生母病故，继母狠毒，母爱亲情尽丧，家庭温暖无多，小小年纪遍尝人世辛酸。

◇ 多次抗争，始得读书，求知若渴，成绩优良，继母让辍学，为得续学，半牧半读，辛苦再多，屈辱再深，亦能忍受。

一

1931 年，爆发了著名的"九一八"事变，日本关东军向中国东北军北大营和沈阳城发动突然进攻。张学良接到南京政府不抵抗的命令，第二天，日军占领沈阳，接着又先后占领长春等二十多座城市，四个多月内，辽、吉、黑三省全部沦陷，千万人背井离乡，流离失所。

这一年对中国人来说，无疑充满了苦涩和无奈，国破家亡的思绪萦绕在无数人的心中。如果说鸦片战争、甲午海战、八国联军入侵中国打破了清王朝"天朝上国"的梦想，那么"九一八"事变则清楚地表明了国民政府在异族入侵面前的懦弱与无能。

1932 年 2 月 8 日，农历正月初三，凌晨，浙南农村山峦如黛，晨雾缭绕，家家悬灯结彩，孩童的喊叫声、噼里啪啦的爆竹声、汪汪的狗叫声和呼啸的海风夹杂在一起，冲击着沉寂的山村。黎明时分，在平阳县宜山镇陈家寺村一座深宅大院里，一个新生命呱呱坠地，阵阵啼哭声跳跃在星点油灯映衬的黯淡中，鲜亮而又刺耳。

接生婆轻轻挑开门帘，笑着对坐在堂屋里抽烟的中年男人说："恭喜陈老板喜得千金，头发乌亮，双目有神，富贵相，富贵相。"

中年男人一听，把烟斗使劲儿往桌子上一磕，说了一句谁也听不懂的话，铁青着脸拂袖而去。

脸色苍白的产妇躺在床上，长吁了一口气，暗自垂泪，怕人看见，抬手把扎头的毛巾往下拉了拉，挡住了眼睛。

丫头，又是一个丫头，这对已有两个女孩、一直盼望着生个儿子的家庭来说，无疑是晦气透顶的事情。

我在父亲的咒骂和母亲的叹息中来到世上。

我排行为三，大姐叫陈玉梅，二姐叫陈巧梅。父亲盼着能得一儿子，以延续香火。母亲由于前几胎均生了女孩，常遭受妯娌的讥讽和白眼，父亲也没有好脸色对她。第三个孩子对母亲而言，可谓一根改变自己地位的救命稻草。她盼望这胎能产下一子。在这个封建意识浓厚的陈氏家族里，只有这条路才能改变她低下的地位，才能让她挺起胸膛体体面面地做人。谁知又是一个女婴，她愁云满面，神色恍惚，精神几乎崩溃了。

母亲天生性格懦弱，为人老实，待人诚恳，一切总是以忍为上，她因自己不能为丈夫生个儿子而感到内疚，她不怪丈夫冷淡，认命了，暗自伤心，潸然泪下。

孩子生下了，总得有个名字吧，心灰意冷的父亲说："是个多余的人，还取什么名呢。"母亲和亲友不同意，父亲拗不过，便说："那就叫陈多余吧。"一位亲友认为女孩子长大了是要嫁人的，名字还得好听一点儿，父亲觉得在理，便顺口定了个"陈余香"的学名。

十七年后，我参军来到部队，放弃了这个带着羞辱和怨怒的名字，改名为陈于湘，因为我的母亲祖籍湖南，姓于，取母亲的姓氏籍贯，取父亲所取名字的谐音，聊表对母亲的怀念和对父亲的尊重。

江南乡里的风俗，孩子生后一百天，五亲六眷七姑八姨都要登门送礼以示祝贺，甚至连佃户都要借债送点礼品以讨东家欢心。宾客盈门，热热闹闹地像办喜事一样。

我是一个女孩子，何况又是第三个，亲戚们也送了些礼物，但气氛显然不同了。我母亲因为生了我这个丫头，整个月子里都没有休息好，伤心极了，天天以泪洗面，身体十分虚弱，从此落下病根。她以自己身体不好、不能迎宾送客为借口，提前通知所有亲朋好友不要破费送礼，清清淡淡地为我过了百天。

当娘的毕竟是十月怀胎，无论是男是女都是身上掉下的肉。她常常背着别人把我抱在怀中，轻轻地拍着我，不停地唠叨："你不该来到这个家呀，你是个多余的人！"

母亲月子里没有能够好好调养，身体一天不如一天，没有乳汁可喂，就将我托付给用人张妈照料。张妈整天煮大米粉糊糊来给我充饥。

我从来到世上第一天起，就遭到族人的白眼，母亲惧于周遭强大的压力，对我不能表现出特别的爱抚。缺少母亲疼爱的我，整天与张妈形影不离，相依为命。

二

冬去春来，转眼间我已经长到六岁，聪明伶俐。特殊的家庭环境锤炼了我倔强的性格和独立生活的能力，培养出与命运抗争的潜在力量。

陈家寺位于平阳南部，枕雁荡，依东海，山清水碧，是典型的江南水乡。在童年的记忆里，陈家寺古朴而清新。至今六十多年了，景物仍是那样清晰可见，似在眼前。

　　破晓时分的村庄格外寂静，浓浓的晨雾笼罩四野，露珠打湿了的青草，慵懒地躺在地上。几只小鸟聚在枝头欢快地歌唱，大地传来柔和神秘的呢喃，微风离开了它们栖息的洞穴和洼地，徘徊在麦苗与树木间，低声耳语，互叙衷肠。

　　这种田园牧歌式的景致，如今已经不多见了。陈家寺也不例外，环境破坏很严重。

　　改革开放以来，随着沿海城乡经济迅猛发展，温州将平阳县一分为二，以鳌江为界，江北为平阳县，江南划归苍南县，苍南县建县府于原灵溪镇。

　　陈家寺位于鳌江南畔，便由原属平阳县转隶为苍南县。宜山镇地处浙闽两省交界处，距福建省福鼎县（现为福鼎市）仅十余公里，陈家寺村正处在灵溪镇与宜山镇之间，是通往县城和福建的必经之地。

　　灵溪镇成为苍南县政治、经济、文化中心后，修路造桥，带动了陈家寺的经济发展。该村原有二百余户，人口三千左右，人均两分地，人多地少。浙江是稻米主产地，一年种植三季，吃饭问题能够解决，但要致富，必须搞多种经营。

　　改革浪潮激荡神州，陈家寺人坐不住了，仅有少数人直接从事农业生产，大多数人弃农经商，一开始外出做些小买卖，后从事家庭手工业。有人从温州等地购得些碎布头，经过粉碎、褪色、纺纱、织布等工序，碎布头便变成了布料，然后制成衣服推销出去，产供销一条龙，由于成本低，销量大，利润非常可观，生意便越做越大，产品冲出浙江，走向全国更大的市场。

由于碎布、褪色、纺纱等生产工序大都是小作坊简单机械加工的，环境污染非常严重，严重的时候污水横溢，臭气熏天，对自然界破坏很大，对人的健康影响也比较大。

大儿刘亚洲是个环保主义者，他在一篇文章中说，地球是人类生存的生物底座，中国社会经历那样多的战争和灾难，而民众还能顽强地生存下去，固然有生命力旺盛和生存本领强等因素，更重要的是有一个以土地为主体的坚实而庞大的生物底座。

依我看，人并不是地球的主宰，而是自然之子，相对于大自然的伟力，人显得微不足道，过于强调人定胜天，只能带来偏狭和暴虐。地球是我们饱经沧桑而又博大无私的母亲，总想着征服自然，从公德上讲是虐待长辈，从方式上讲无异于饮鸩止渴。

在这方面，我们有太多的教训——围湖造田，砍伐森林，滥施化肥，胡乱排放……植被被破坏，空气被污染，灾害频仍，生态的底座越来越脆弱，这是人类潜在的危机。

我家的成分是地主，除了地多一点钱多一些外，与以耕作为生的农户感情上是相通的，对土地也非常依赖。打土豪分田地，是从政治意义上解决了农民与土地的关系问题，实行联产承包责任制，是从经济意义上理顺了农民与土地的关系。相对于大锅饭、人民公社而言，分田到户，无疑是对生产力的一种解放，但这是一种相对的解放，真正的解放还是工业化大生产。在农产品上，我们很难与外国抗衡，特别是加入世贸组织后，这种危机已走向显性。

三

少年的我非常顽皮。我经常与佃户家的子女一起去河边摸螺抓虾，去稻田里捉泥鳅，到山崖边采杜鹃花。

放眼四望，到处是阳光映照下淡黄色的水潭和青绿的山岩。小溪里，受惊扰的鱼虾在我们身边的水面上玩起花样游泳，水面荡起涟漪；蝌蚪们结成庞大的编队，在清冽的溪水中缓慢地集体长跑；小螃蟹爬行到岸上，伸胳膊撂腿做体操，感受春天的气息。

那个时候水里的动物真是丰富，只要想抓，每次都能满载而归。听人说，灾年没有粮食吃，只能到河里摸点小鱼小虾小螃蟹什么的，回来用盐水浸泡在坛子里，就可充饥。这在今天听起来简直就是笑话，但那个时候，却是现实。

时至今日，能钓到鱼虾的河越来越少了，在城市近郊挖个水塘，放些鱼，居然能作为旅游景点。有人花钱来钓鱼，据说手气好的话，半天能钓百十斤，因为鱼放得太多，拿鱼竿就能打到。拿回去一煮，吃起来味道不对劲，因为是用饲料喂的，有时甚至还能闻到淡淡的柴油味儿。

但在过去，天是那样蓝，水是那样清，物产是那样丰富，至今回忆起来，仍有一种沦肌浃髓的愉悦体验。这一切，已经很遥远了。尘世扰攘，桃源山水，安可复得？于是又有一丝丝无可名状的郁悒。

1990 年冬天，我在报纸上看到一篇报道，说作家三毛到苏州后，被苏州的景色感动得哭了，对于看惯撒哈拉沙漠的人来说，这是一种在强烈的视觉对比冲击下产生的感情倾泻，而对于曾经沧海如今却只能面对巫山不在的人来说，看着如今的人造景观，感触更多的是心灵的震颤和良知的复苏。

这才多少年的光景啊！

人们常用沧海桑田形容变化巨大，依我看，这种陆变海、海变陆的此消彼长，毕竟还是地壳顺其自然的运动，还不算大；如果不注意保护环境珍爱自然，最终只能是人类自讨苦吃，自取其辱。

上邪，如果不能把地球当作母亲，我们也要把她当作我们心骛神往、长相厮守的恋人、情人！

四

浙江是鱼米之乡，水田充盈，牛是翻耕平整水田的主要生产工具，农家都有养牛的习惯，放牛成了我们这一代人童年时代的主要劳动项目。

许多老革命都自称是"放牛娃"出身，这是事实，没有矫情的成分。多少年后，又一代人到了晚年，回忆自己当年时可能会说"养宠物出身"，相信他的后代也能认可这种事实。

放牛的差事很苦，但也挺有趣。清早时分，在大人的吆喝声中起床，揉揉惺忪的睡眼，晃悠到牛棚解开缰绳，懒洋洋地牵着往山上走，走过一家，一通叫喊，便有另一个小伙伴应声牵牛而出，就这样牛越来越多，笑语越来越多，放牛的队伍浩浩荡荡。

山峦叠翠，稻陇金黄，挺拔的白杨插向淡青色的朝雾。一道道细细的河，连绵的云山影影绰绰，线线银光跳跃在空蒙的翠色里，令人心旷神怡、思绪悠远。

我们一路走，一路唱儿歌。

慢慢地，天色渐明，天上的云变成紫铜色，与太阳进行着包围与反包围的最后较量。太阳自然不甘蛰伏，奋起反击，时有奇光从云阵罅处漏出。突然，万千银箭射向大地，天地顿时鲜亮起来，我们还未到山顶时，太阳早就高高升起，红霞散尽，白云卷舒，群山傲然跃现。一幅瑰丽而雄奇的山水画充盈在天地之间。

我们拉住牛的尾巴，用树枝抽打着牛的屁股，在初升的朝阳里，沿着山路缓缓向上，走到草木茂密的地方，把牛系在相距远一点的粗壮的树干上，以保证它们既不会挣断了绳逃跑，又不会内讧打仗。水牛少了我们拉尾巴、打屁股的折磨，显得十分享受，静悄悄地在那里吃草。

我们则在一边玩耍。江南早晨的天气说变就变，这会儿还是晴空万里，一会儿便乌云密布，要是遇上雷阵雨，大家就躲进小土地庙里避雨。从衣衫里掏出精心打磨过的石头子，在供桌上玩起来。

雨过天晴，满山的树木更加郁郁葱葱，在西沉夕阳的照耀下，闪现着耀眼的光芒，尘世的一切苦恼烟消云散，小小的心灵如同这雨后的世界一般，获得了片刻的舒畅和宁静。

有一次，我们赶牛群返家的途中，突然下雨，无处避躲，索性就不躲了，在雨中干开了仗，浑身沾满了泥水。我知道闯祸了，便悄无声息地溜进家门，想趁大人不注意赶紧把衣服换掉。孰知母亲担心我，早早地守在屋里等我回来。

她见我这副模样，料定我是在雨中打了架，她抬头看了我足足有五分钟，直看得我全身发麻。突然，一句话像惊雷一样响起：

"整天像个野小子，看你成个啥模样！"

我自知理亏，一言不发。

一声不吭才是趋利避害的最好办法。

母亲扬手打了我一巴掌，我低着头进入女佣张妈的房内，连晚饭也不敢出来吃，蜷着身子躺在床上睡着了。

五

野孩子的生活不仅结实了我的身体，还练就了我的胸怀。

我三岁时的那个夏收季节，母亲因身体不好躺在床上养病，张妈忙着晒场上的稻谷，无暇照顾我。我肚子饿了，就跑到张妈的房内偷吃甜大米糊糊，渴了就喝灶房锅里的洗碗水，吃饱喝足就感到有点困了，于是躺在地上睡着了。

我的手上脸上沾满了甜糊糊，成了老鼠最好的晚餐，连舔带咬，竟将我的左耳咬出了一个缺口。

掌灯时分，张妈拖着疲乏的身子进房休息时，却不见床上有我，顿时慌了神，速报主人。我妈也慌了，让佣人打起灯笼到处寻找，最终在张妈的房门后找到满脸是血的我。

我竟然被老鼠咬后仍在安然入睡。

妈妈见到我这个模样，先是惊讶，后是叹息，让张妈将我脸上的血擦洗干净，把我放到床上，说："孩子，委屈你了！"我睁开迷蒙的双眼，见母亲的眼泪像断线的珠儿滚滚而下，泪水滴在我的脸上，心头感到热乎乎的，一下子扑到母亲的怀里，母亲紧紧抱着我，痛哭了一场。

在我懂事之后，祖母闲聊时，经常提起我被老鼠啃耳朵的事。祖母脸上的表情是淡淡的，像与自己毫无干系，没有忧伤，没有眼泪。也像我五十多年以后，告诉自己尚未成人的孙子辈时一样，心情平静，语气平缓，如同讲别人的故事。

六

浙南一带农村，由于男子兼具了农耕和商贸的双重优势，重男轻女的意识比其他地方还要浓厚。女人的命运尤其悲惨，最典型的是童养媳储妻和租女人生子的风俗，在这些陈腐的习俗里，女人仅仅是生儿育女的工具。

家境略富裕而且有男孩的人家，家长会为孩子早早地找个童养媳，等她长大成人后，再正式举行婚礼。童养媳未婚前权作女仆使唤,不能过自由的生活,稍不如意,公婆丈夫便会拳脚相加。我们国家有储君制度,民间竟然还有"储妻"制度,不同的是,储君只有一个,废立都很慎重,而"储妻"却可以有多个,稍有不如意便可撵回家去。

能接纳童养媳的家庭,经济条件还是可以的,而贫苦家庭的男人,有的无钱娶妻,老大了仍是光棍一条,但又想生儿育女,于是一些地方便有了租妻生子的做法。光棍男人与出租老婆的男人签订好契约,女人到光棍男人家,与之像夫妻那样生活,在生育了儿女后的规定期限结束后,女人回原夫家继续过日子。她生育的子女,不论多少和长幼,到了限期,女人就得离开此家,有时孩子很小,离不开母亲,但当娘的也只能弃之而去。骨肉离散,其状之凄惨,令人心酸。

一个夏末秋初的时节,江南"秋老虎"大发淫威,热浪袭人。傍晚时分,阴霾密布,乌云翻滚。掌灯前,我家忽然来了位不速之客,是一个瘦小干枯的老头儿,家里人都没有说这一陌生人是何方神圣,只是互相交换眼神,眉宇间藏着某种心照不宣的默契,举手投足间又似有某种不可示人的秘密,给这老头儿罩上了一层神秘的色彩。

他在女佣张妈耳边嘀咕了几句，张妈急忙去找我的母亲，又一通耳语后，我母亲就让张妈把那瘦老头带进她卧室外的小厅里。

我父亲出远门做生意去了，家里的大事小情都由我母亲做主。

他们说了一会儿话后，母亲吩咐张妈找我到小厅里去见这位不速之客。我那时虽是个六七岁的小孩子，贪玩顽皮，但心眼不缺，我当时寻思，往常家里来的客人也不少，自有大人迎来送往，什么时候需要我出面张罗？家人眉眼频传，会不会有什么不好的事情？这个瘦老头儿，从未谋面，肯定不是亲戚，他究竟想干什么？

种种疑问盘旋心间，我在张妈的牵扯下，惶惑不安地进入小厅内。

我仔细端详瘦老头儿，只见他满脸皱纹，一双眼睛四边乱转，说起话来滔滔不绝。穿件深蓝色的布长衫，长衫的左角撩起，斜插在右边的腰带上，两个裤脚卷起，一高一低，鞋上沾满了污泥，显然是走了很远很远的路。

这一身装束既不像教书先生，又不像是本分农民，既不是算命卜卦跑江湖的，又不像是收珠宝的古董商人。我心里揣度着可能是个说媒的角色。自我进厅后，他的眼睛直勾勾地上下打量着我。

我有点愤怒了，毫不客气地对老头儿说："你对我打什么鬼主意，有话快说，有屁就放。"

母亲训斥道："女孩儿家休得无礼，这位爷想给你找个婆家，去山里沈家当童养媳。"母亲的目光从我脸上慢慢挪开，转向一侧，表情无奈而凄凉。

我恶狠狠地对小老头儿说："请我给你当姑奶奶也是枉然，我哪儿也不去，你给我滚！滚！滚！"

老头儿没有料到一个女孩儿家这么厉害，十分尴尬，干笑两声："沈家是你祖母的远房亲戚，很是富有，男孩有几个，唯独没有女儿，想找个门当户对人家的女孩当童养媳，你去后，保证有享不尽的荣华富贵。"

我不听则罢，一听更是怒从心头起，拖着哭腔吼道："就是天堂我也不去，你给我滚出去！"我一边说一边哭，躺在木地板上打起滚儿来，两只脚乱踩乱蹬。由于木地板年久失修，加上我用力过猛，竟将木地板蹬出个大窟窿。

老头儿见势不妙，叹口气就往外走，外面大雨倾盆，雷声大作。他到村口人家躲雨，说陈家的这个三丫头厉害，不是个省油的灯，从小一看，到老一半，长大了肯定不得了。从此以后也没人敢登门提这门亲事了。

事后母亲才向我道出原委，这是大伯母与张妈串通一气，差一点儿把我送入火坑。自我出生以后，母亲身体多病，思想压力过重，情绪低沉，郁郁寡欢。尤其生了第三个女儿后，遭到姒娌的讥讽及族人的歧视，母亲有意无意地会把怨气集中到我的身上。

更重要的是，张妈与我家一位长工关系暧昧，我虽年幼，但机敏过人，风吹草动很难瞒过我，张妈和姘夫视我为眼中钉肉中刺，要把我赶出家门。因此是张妈和大伯母商量好做这件事的。

我母亲历来与大伯母关系不好，自生下我后，大伯母到处诽谤我母亲满肚子女娃，不会生男孩，真不中用。我母亲总是一味忍让。

为了骗我母亲上她们的圈套，我大伯母一改过去不屑登门的作派，主动来看望我母亲，以关心的口吻说："三弟媳值不得为生女孩生气，保重身体要紧。"我妈本分善良，自然不知她心怀鬼胎，还感动了。

大伯母又说："这事也由不得你，听说沈家没有女孩子，沈家是有钱有势的人家，门当户对，把老三送到他家去亦不受罪。我替你求神拜佛，卜卦求签，签条上眉批是：'送走女的来男的。'现在你已有身孕，我想这样亦好，不知你的想法如何？"

我妈思想开始动摇，但这毕竟是件大事，还是有一些顾忌："她爸不在家，就把三女送出门，合适吗？"

善于琢磨的大伯母早就料到我母亲会这样说，迫不及待地拍着胸脯说："三弟回来我解释，一切责任由我来负担。"

按说这件事大伯母做不了主，但我妈生性懦弱，遇事缺乏主见，出于怜惜女儿之心，道："还是先了解一下沈家情况吧。"

大伯母说："我让张妈去了解过了，沈家亦答应了，等三女长大后，就留下给他儿子当媳妇，这不是更好吗？"

我妈脸上显出无奈，她自进入这陈氏族门后，妯娌中最害怕的是大嫂，大嫂刁钻蛮横出了名，我妈哪敢得罪她，便说："那请大嫂做主就是。"

无利不起早。她们这么处心积虑，积极张罗，因为她俩都是这笔肮脏交易的受益者——张妈为的是姘居方便，大伯母则指望着把我卖了后，从中得到一笔好处钱，相当于今天的回扣或信息费吧。

是可忍，孰不可忍！

感谢生活的艰难和上苍的公正，是它们赋予了我倔强的个性和斗争的勇气，如果当时我没有抗争世俗、叛逆家庭的反抗精神，就只能仰人鼻息，寄人篱下，过着压抑痛苦的生活了。

从此以后，我坚决不与张妈同床而眠。对包藏祸心、摇唇鼓舌的大伯母视如仇敌，见面翻白眼，吐唾沫。

我父亲做生意从温州归来后，知道了此事，也怪我妈做事太荒唐了，同时也为女儿有这样的骨气和胆量感到高兴，他安慰我妈说："生儿子固然好，但女儿也是我们的亲骨肉，干什么送给别人家当犬养呢？"我妈妈听了这话，既高兴又内疚，对大伯母的为人更加清楚了，再也不言听计从了。

我与命运抗争的举动，轰动了整个村子，人们众说纷纭。有的说："这陈氏大院这么富有，竟然连一个女孩也不想养，非要卖给别人当童养媳，太没人情味儿了。"有的说："这陈家的三女儿可真厉害，当场把做媒的老头儿骂跑了，这么厉害的女孩家将来能找到婆家吗？"有的说："三嫂太懦弱，啥事自己也做不了主，任凭大嫂去摆布。"有的说："给人家做童养媳不是人过的日子，她应该这样反抗。"

而我心中只有一个念头：我要给自己做主，打死也不当童养媳。

七

要与陈腐的婚姻习俗作斗争，不当封建礼教的牺牲品，就要做一个有文化、有见识的女性，我对读书和读书人，有一种本能的崇敬和向往，我想上学，我要读书，我为此哭过闹过，用孩子特有的方式争取读书的权利。

当我长到八岁时，才争取到了上学的机会。学校是本村的国民小学，我四叔是小学校长，他一向喜欢我的聪明机灵，加上又是亲戚，自然肯收到门下，而且答应不收学费。

亲兄弟明算账。我父亲尽管吝啬，但花钱还是讲究个道义，对每年度我的学费，父亲都坚持按时付给四叔，兄弟俩多有谦让，可见两家的感情还是融洽的。

屋漏恰遇连夜雨，船破却逢顶头风。当我上完二年级时，母亲病重，很快撒手人寰了。这对我无疑是个沉重的打击，虽然母亲平时对我少有宠爱，但母爱毕竟是世上最无私伟大的爱，我的生活都是由于有了母亲的悉心照料，才能专心地读书上学。

母亲故去，还是跟想生儿子有关。

母亲生了我后，便感到内疚不安，又受尽妯娌们的讥讽和白眼，接着又添了两个妹妹，无疑雪上加霜。连续生养，体质本来就不好，加上精神不振作，母亲在风雨飘摇中艰难度日，直到第六胎，总算生了一个男孩，但已是病入膏肓。

母亲带着如山重的自责、如海深的屈辱溘然而去，唯一能安慰她的，是苦求不息终得一子的舒畅和喜悦，而不幸的是，这一丝喜悦也未能体验充分！

母亲病故时，我的弟弟陈可立不满一岁，我也才九岁。其实，母亲更像一位未曾见到至亲而不肯咽气的老人，这个至亲就是她的儿子——我的弟弟陈可立，这种不生儿子誓不罢休的信念在支撑着她久病的身躯，让她始终处于回光返照的亢奋状态。等啊盼啊，儿子终于来了，母亲的全部人生理想实现了！锈蚀的生命之轮失去了最初的动力，微弱的生命之火耗尽了最后的燃料，便如一棵垂暮的古树轰然倒下！

在男权世界里，女人的存在总是充满悲哀。而我认为，更大的悲哀在于，这种悲剧往往是由女人自身造成的。女人天生容易上当受骗，当男权的樊笼还未扎好的时候，女人已经争先恐后往里面钻了，钻进去的女人把泪水变成了口水，把阴柔变成了阴险，对着笼外的同性呼朋引伴，扬幡招魂，如有不从，则大张挞伐，群起而攻之。不要说三纲五常，不要说三从四德，仅一个"生儿子"，便毁灭了多少女性的幸福和健康。

我的双亲（严格意义上说应该是我的父亲）生不了儿子，父亲、叔伯也有怨言，但并不很多，倒是那些同是女人的妯娌们，对她羞辱嘲笑和斥责。

当一个女人挑战一群男人时，她用的是泪，赌本是或兴或衰的人生境遇；当一个女人挑战一群女人时，她用的是血，赌本是生命。

我母亲用三十五岁的生命作筹码，挑战我的伯母叔母这些妯娌，挑战陈家寺村的社会舆论，生下的孩子是一个个血色的骰子。后来，她时来运转，赢了；接着，她气血散尽，死了！

在一个阴森森的夜晚，我和父亲为母亲守夜。父亲一边流泪一边诉说着母亲的好处，言辞凄婉，令我悲不自禁，倍加缅怀思念。

八

说起来我母亲也是大家闺秀出身，我姥爷家亦是科举之家，共有妻妾三人，我母亲为明媒正娶的大房所生。年幼丧母，小时候没有过什么好日子，她嫁到陈家时，姥爷念她小时失去母爱，加倍给她陪嫁，以弥补对她照顾的缺失。

母亲出嫁时也是盛况空前，从长辈零星的诉说里，我得知了母亲出嫁时的排场和热闹：轿子是六人抬的，嫁妆装了五大车，酒席超过五十桌，收到的礼金顶得上一个壮年男子十年的收入。从我记事时起，常见母亲房内有一大箱绫罗绸缎，一大柜出嫁时陪嫁的绣花鞋。

片刻的繁华喧闹掩盖不了日常生活的残酷，母亲来到

我们家后，没有过几天舒心的日子。父亲忙于做生意，对
她体贴甚少，加之生了五女一男，男丁不旺，难免有怨烦。

母亲对上孝敬公婆，对下轻声细语，村里人都称她为
贤妻良母。用现在的科学观点来看，我母亲死于胃癌。那
时医学不发达，农村更是缺医少药。母亲病时，常说心口
疼（其实是胃痛），无食欲。

她经常捂着心口干活，病重时卧床不起，骨瘦如柴，
父亲为治好母亲的病，常请郎中诊脉开方，均无效。

有一天，张妈神秘兮兮地对我父亲讲："昨晚黄昏
时分，我去三娘寝室送茶饭，发现床被上有一撮褐色的毛，
你说怪不怪？"

张妈的话很快传入我祖母的耳中，她是个虔诚的佛教
徒，逢初一、十五都食素，无事时就坐在那里念经数珠。
她认为我母亲的病之所以久治不愈，必是妖精作怪，要请
和尚来做道场驱邪。

正厅里木鱼声、念经声响成一片，主持和尚右手持铜
铃，左手执拂尘，来到我母亲的床前指手画脚，念念有词，
几乎每天都要做一次道场。

病人需要有一个安静的环境，怎奈得这么吵吵嚷嚷，

母亲的病情更重了。

没过几天，族人又议论开了，说佛家法力不行，驱魔打鬼道家最内行，必须要道士来作法才行。

一天夜晚，雷雨交加，我家来了一班穿道袍、持宝剑、化装成钟馗模样的人。

中堂内红烛高照，灯火通明，为首的道士站在三张叠起来的八仙桌上，他的弟子们排列于八仙桌下两侧，呈八字形展开，烧纸符，默念咒语。

过了一会儿，他怒喝一声"把妖精拿下来"，众小道士便作出捆缚人的动作。

我和姐妹们躲在中堂东侧的卧室内，从门缝中往外窥视，等着看妖精是什么样子，内心又恐惧又好奇。

那弟子们连拖带拉地抓出一个人来，我们一看，正是病重的母亲，怎么会把我母亲当作妖精呢？我很气愤，想冲过去拦阻，但又怕大人责骂，便不敢声张，泪水顺着面颊不断地往下淌。

只见他们把我母亲装入竹编的席子内，那老者从高处下来，手持桃木剑，走一步，往竹席上挥斩一下，围着席子走了一圈。

忽然间，中堂灯火齐灭，众人一片喧嚷，待慌乱过去重新点灯时，我母亲却不见了，姐妹们面面相觑，不知所措。

事后祖母告诉我们，灯熄时，道士把我妈打扮成一个农夫模样，头戴草笠，身着蓑衣，赤着两脚，肩扛锄头出走了，我爸早已准备好一只小篷船停泊在屋旁小河边，悄悄地把我母亲送往瑞岩寺。如此乔装打扮，悄无声息地走掉，为的是让妖怪找不到。

道士煞有介事地宣布：家人不能随便走动，不能透露风声，不准探视病人。打那以后，我们半个月不见亲娘的面，心中十分惦记。

突然有一天，父亲扶母亲回家来了，人已经气息奄奄，举步维艰，不久就告别人世了！

我连这么一点微薄的母爱也被剥夺了！当时真是悲痛欲绝，我拿起笔和纸将肺腑之言倾诉笔端，写下了这样一首顺口溜：

陈家寺，陈余香，九岁时，丧亲娘，失母爱，实可怜，从此后，苦黄连。守孤灯，伴月夜，思念母，泪涟涟。

这首儿歌式的诗，后被我当小学校长的四叔发现了，以骄傲的口气着实表扬了一番，把它当作范文，在课堂上朗诵给同学们听。

母亲死后，我还有三个弟妹需要照顾，只能辍学。

九

旧社会，鳏夫再娶比寡妇改嫁容易得多，我父亲也不例外。母亲尸骨未寒，父亲在一位亲戚的撮合下，又娶了一个女人。生母的故去，给我带来了无边的悲痛，而继母的到来，则彻底毁灭了我对家庭温暖的期盼，改变了我的命运。

这个女人是个新丧夫的寡妇，二十四岁，撇下一个亲生儿子，来到我家作填房。她虽是从深山里来，而且目不识丁，但长得五官周正，皮肤白净，深得父亲的欢心。

继母叫叶银红，喜爱穿戴，贪图享受，她不愿抚养我母亲生的六个子女，整天与我大姐吵架，搞得鸡犬不宁。不满周岁的弟弟，只好由我二姐来带。

弟弟时常号啕大哭，要找妈妈吃奶，二姐抱着他从这间房子到那间房子，翻箱倒柜地找吃的东西。姐妹们随他满屋里转，等他哭累了，不再吵闹，我们这才舒一口气。

他是我母亲一生中唯一的儿子，我母亲总以为有了一男可以使她在陈氏家族中扬眉吐气一番，谁知道没有把儿子带大，自己就命归黄泉了！她若九泉有知，见儿女们受这样的苦、遭这样的罪，亦会死不瞑目的呀！

继母来后第二年，我两位姐姐相继出嫁，她更加欺侮我们。大伯母为虎作伥，当了继母的后台，继母更是肆无忌惮。

我为了保护弟妹不受欺凌，常与继母抗争，她要打我，我就前村后村地跑，嘴里数落着她对我们的恶行，这样取得了村里乡亲的同情，造成了她在族人中的不良形象。

记得一个炎热的夏天，她到大树底下纳凉，让我五妹替她做饭，我五妹才五六岁，不肯干，她竟将火钳烧红来烫五妹的大腿，五妹腿上留下了一条鲜红的血印。

我与继母大吵一场。大树底下纳凉的人们听着我的哭诉，纷纷指责她不该如此狠毒，继母无地自容。

父亲忙于小店里的生意，照顾不到家里，又怕我们受继母的虐待，便让我们姐弟搬到小店去住，这离我上学的学校更近了。我十分羡慕小朋友们背着书包去上学，隔河还听到琅琅读书声，为了能继续上学，我开始了新一轮的抗争。

开始的时候，继母强烈反对，认为女孩子读书无用，迟早要嫁人，但又觉得我不是个善茬，留在家里成天跟她作对，她也痛快不了，就同意了。

我这人心直口快，没有城府，小时候就是这样，喜怒都在脸上。继母同意我上学，我自然喜笑颜开。我一高兴，她又反悔了。

她向我父亲进谗言："老三要上学可以去，家里的牛谁去放？"父亲左右为难，想来想去，觉得还是不能得罪老婆，便支吾着对我讲："你可以去上学，放学后去放牛，能否？"我求学心切，毅然答应了。

我一边读书，一边放牛，口袋里总是装着浙南一带流行的越剧唱本，如《梁山伯与祝英台》《西厢记》《庵堂认母》等。

我利用放牛空隙，开始阅读课外书籍，获益匪浅。我的四妹为支持我上学，有时帮我去放牛。

就这样边牧边学，我在本村国民小学总算念完了四年级。

✝

要读完高小，必须到离村五华里（1 华里 =0.5 千米）以外的宜山镇中心小学去念书，当校长的四叔认为我学习成绩好，劝说父亲让我继续读。父亲也觉得自母亲去世后，对我们照料不周，心怀歉疚，痛快地答应了。

我不仅失去了母爱，而且失去了温暖的家庭，我看透了这一切，我渴望读书，我喜欢读书，把读书作为我唯一的奋斗目标。只要让我读书，什么苦我都可以受，别说相距五里路，就是五十里、五百里，我也要去！

我到宜山镇中心小学念书后，午饭成了主要的难题。

人情似纸。我的亲四姨就住在宜山镇上，而且家境不错。我妈死后，两家就不常走动，感情淡漠了。尽管是亲外甥女，但仍不肯让我在她家里用午饭。

经过商议，同意我带午餐放在她家，她帮我热一热。我每次带的午饭都是继母帮我准备的，米质很差，还掺进好多地瓜干，颜色都变成灰灰的，与四姨煮的白米饭形成鲜明对比。

四姨家的桌子上摆着丰盛的菜肴，我那时毕竟还是个十几岁的孩子，看着有些馋，但筷子又不敢伸，低头只顾吃自己带的饭菜，每次都是狼吞虎咽地吃完，匆匆逃离饭桌，背着他们悄悄地流泪。有时吃不饱，我也只好忍着。

四姨很快观察出来了，有时会让我再吃些大米饭，表姐陈如意也偶尔往我的碗里夹菜，这样廉价的施舍竟让我激动不已。

表妹陈如女人高马大，说话粗鲁。一次午饭后，她把我叫到一旁讲："以后不准你再吃我家的饭，名义上带饭来，实际上想占我家的便宜。"

我是个生性好强的人，打那以后，就不再去姨妈家了。有时候带饭在教室里生冷着吃，有时不带饭，随便到街上买些炸糕、油饼之类的食物充饥，就这样饥一顿饱一顿地读完了高小，并以全校第一名的成绩毕业。

我当时是一个正长身体的孩子，由于饥饿，营养不良，长得不高，而且饮食又不规律，为我以后得胃病埋下了病根儿。

我相信童年时的饮食，对一个人的生长至关重要。二战后的日本，每天给学生发放牛奶，结果一瓶牛奶强壮了一个民族。现在生活条件好了，孩子们不再为饥饿犯愁，这是社会的巨大进步。

十一

苦读使我感到充实，好成绩给我带来喜悦，精神上得到难以言说的满足与慰藉。在求学的路上，不仅是清苦和受辱，有时甚至会有性命之忧。有一件事使我终生难忘，现在想起来还心有余悸。

那是在一个夏季的黄昏，我正在回家的途中，天空乌云密布，雷电交加，狂风大作，只能透过偶尔出现的闪电的光亮，朦胧地看到周围景物的轮廓。路上一个行人也没有，我浑身上下都湿透了，一头钻进了与陈家寺相邻的水门村一座土地庙里。

庙内黑洞洞的，我惊魂未定，突然间一个响雷把庙外的一棵大树劈断了，顿时火光四起。我紧抱着书包蜷缩在角落里，连眼睛也不敢睁。

我并不企盼也不指望家里人来接我，只是感到难受，自己高小还没念完，就要命归黄泉了。幸好雷火没有危及小庙，趁雨稍稍小了点儿，我深一脚浅一脚地摸黑回到了家。由于恐惧加上雨淋，我发高烧病倒了，而继母和父亲竟神情平静，一点儿也没有担忧心疼的意思。

我失去了母爱，同时也失去了家庭的温暖，这在我幼小的心灵深处埋下了憎恨的种子，这是我长大以后坚决要离开家的重要思想根源。我挑战命运，挑战传统，敢于张扬个性，敢于接受新生事物，这是我以后加入解放军的最根本原因。不是说无产阶级最具革命性吗，我受够了凌辱歧视，受够了人情冷暖、世态炎凉，受够了生活的艰辛与命运的无常，除了读了一些书外，我一无所有。离开家，我有牵挂，但没有后悔；有悲伤，但没有沉沦。扼住命运的咽喉，我要做自己的主人。

十二

一位已故年轻诗人说，黑夜给了我黑色的眼睛，我却用它来寻找光明；我说，家庭给了我苦难的基因，我要用它繁衍幸福。

1998年春节前夕，我和老伴刘建德第二次回家乡。在温州、平阳会了温州籍的战友和二十一军转业的老同志，后回到阔别十年的故里，到祖坟上祭奠亡故的父母，看望全村的父老乡亲。我的长辈和同辈人多数已经西归，青年后生我都不认识，他们对我的全部印象是上辈人聊天时留下的趣闻：躺在地上哭闹不做童养媳，宣扬继母的不是争取舆论支持，悄无声息离家参军，辗转大江南北历经风雨，五个孩子个个才能出众……

景物变了，人换了，唯乡音未改，乡情依旧，真是：少小离家白发回，唯懂乡音不识人。

忆往昔，看今朝，我感慨万千。

坎坷的人生

◇ 十四岁考中平阳师范学校，成为家族中第一个女师范生。喜爱文学，长于写作，曾想当乡村国文老师。

◇ 在浙南游击支队地下党组织的教育影响下，阅读进步书刊，追求自由民主，参与宣传发动，思想和行动趋向革命。

◇ 十七岁参军，二十六岁转业，随夫君辗转大江南北，工农商学兵，干一行爱一行。

◇ 入党时，被"揭发"为三青团员，历时九年才如愿入党；晋职时因历史问题，工作突出却不受重用，被怀疑在"文革"中有错误，团职位置上干了十年；整党时，被诬陷与一宗冤假错案有牵连，恶人假义举泄私愤，挨整四年。

◇ 个性要强，意志坚强，相信真理，相信自己，历经风雨，精神不垮。

一

1945 年 8 月 15 日，日本天皇宣布无条件投降，中国人民经过十四年艰苦卓绝的努力，赢来了抗日战争的胜利。喜讯传来，举国欢腾。

宜山镇和其他地方一样，举行了庆祝活动。鼓乐喧天，鞭炮齐鸣。各界人士走上街头游行，表演文艺节目。

在欢腾的人流中，尤以平阳县立师范学校的表演最具特色，在我的心中留下了深刻的印象。

那一瞬，做一名师范生，成为我心驰神往的一件事。

日本兵被赶跑了，时局安稳了一些，买卖也日臻兴隆，我父亲的生意越做越大，便把店面翻修了一遍，重新开张"陈正大号南货店"。

父亲考虑到我们和继母关系紧张，就让我和弟弟妹妹们搬到镇上店里居住，继母一人在老家操持。事情往往多有巧合。在陈家寺老家开的杂货店，与村国民小学一河之隔，而陈正大号南货店又与平阳师范学校一河之隔，跨过小石桥就到了校门口，在店里就可以听到上课的钟声。

人常说，"跟好人学好人，跟着巫婆跳大神"。我两次搬迁住所，每次都与学校比邻而居，经常跟学生和老师打交道，爱读书求学也是顺理成章的事情。

客观地说，国民政府对教育还是比较重视的。当时政府规定，凡考入平阳师范，每个学生每年补助一百二十斤稻谷。

我父亲是个典型的商人，用钱很抠门。在我入镇上小学读书的三年中，他只为我缴学杂费，不给钱买课本。我只好借同学的旧课本用，有时借不到，就抄课本。南方雨水多，他连一双雨鞋也舍不得给我买。遇上雨天，我只好光着脚丫去上学，腋下夹着布鞋，到校门口时在小河边把脚冲洗一下，穿好布鞋才进教室。

为了继续求学的要求不被父母拒绝，我便跟父亲说去报考师范学校。父亲觉得读师范还有补助，就答应了。但他给我规定了一条，如果考不上，就回家帮助继母干活。

我深知上学是改变命运的最好机会，考师范学校是关系到我前途的转折点，下决心拼搏一番。

江南的夏天，酷热难当，喘气都很艰难。一到晚上，蚊子猖獗异常。街市嘈杂，喧闹声、叫卖声此起彼伏。这样一个环境，无疑对复习功课不利。为了避免干扰，我只好闭门关窗，忍受着酷热的煎熬和蚊子的叮咬苦读。

时间一长，我身上长满了痱子，左右额角上各长了一个疖子，像两个小犄角似的。赴校应试，许多考生盯着我看，像观赏动物一样。

我顾不得旁人笑话，认真地答题应试。考题并不难，我发挥得比较正常，感觉成绩不会太差。

皇天不负苦心人，我获得考生中第三名、女生中第一名的好成绩！

我是陈氏家族中唯一考上师范学校的女孩，艰苦的努力终于使理想变成了现实，我感到欣慰和自豪，有生以来第一次体验到了幸福！

我的第一次解放，可归纳为性格决定命运；第二次解放，可称之为知识改变命运；第三次解放，也可以用一句话来概括，即家庭影响命运。

考上了师范学校，我除了要认真学习，还要照顾三个尚年幼的弟妹，晚上还得帮父亲处理杂货店事务。

有时父亲前一天晚上回陈家寺的家中，第二天早上回来，他未回来之前，我就不能离开店铺。父亲经常回来得很晚，我便经常上课迟到。开始时，老师和同学都看不惯，当他们了解了我的处境，看到我的成绩后，都原谅了我。我除了上课时间在学校里外，早晚自习都不参加，属于走读生。

二

我喜欢读小说，向学校图书馆借阅图书的数量最多，鲁迅、茅盾、巴金等著名作家的作品都读过。进步书刊启发了我的思维，激励了我的斗志。通过一部部作品，我了解了这个不平等的社会，听到了它垂死的喘息和哀叹声。追求自由、向往革命的思想逐渐萌芽。

我偏爱文科，讨厌数学，对数学课一点儿也不感兴趣，上课不听老师讲解，在下边偷看小说是常事。每回期考，数学都是勉强及格，其他功课门门均在九十五分以上，在我们班近五十名学生中名列前茅。我参加过全校作文竞赛和书法比赛，获得两个第一名。同学和老师对我刮目相看，许多同学说："这个个子不高、经常迟到的女生，竟有如此才华。"

我的班主任钱文琪先生教授国文，文学功底很深，他上国文课，声情并茂，引人入胜，时常讲解唐诗宋词以及朱自清、徐志摩等当代名家的作品，每次我都是沉醉其间，甚至有些走火入魔了。

班主任教导我们，文章经国之大业，不朽之盛事。鼓励我们多读书，多写文章。古人说，文以载道，此言不虚。

当然，文章要有经世济用之功，也要有愉悦性情之效，从终极目标上说，经世济用只是个过程，而愉悦性情可能才是底里，但过程毕竟是不可或缺的，一味逃离社会现实终不是正途。

古今中外的作家学者，大凡为后世著称的，无不是因为作品倡导了终极关怀，反映了社会现实。屈原、司马迁、鲁迅、巴金、老舍、海明威、卡夫卡、福克纳、

陈于湘上学时的照片

米兰·昆德拉，莫不如是。

从我内心深处来说，我还是倾向于经世济用的文章，祢衡写《鹦鹉赋》，曹操写《观沧海》，胸怀和目光毕竟不可同日而语。当时，我的理想是当一名国文教师，教学生们诗词歌赋，课余时间写些小说，像我的四叔一样，不闻世事，潜心教书，做一名"采菊东篱下，悠然见南山"的乡村教师。但是，随着人民解放军步步南下，在"打倒蒋介石，解放全中国"的呼喊声中，我的人生道路也发生了变化。

三

1949 年新中国成立前夕，平阳师范里秘密成立了浙南游击纵队支部，并在校内发展共产党员，把一些思想基础好的学生团结到党组织的周围。由于我思想进步，性格倔强，而且具有挑战家庭、反击世俗的叛逆精神，支部觉得我是个可以团结和争取的对象，便派人单线和我联系。我向往革命，愉快地答应了。党组织经常召集我们参加一些秘密集会，有时还发一些革命书籍供我们学习，发放最多的是毛泽东的著作单行本，比如《新民主主义论》《中国革命和中国共产党》《论持久战》等。

通过阅读这些进步书籍，我真切地感受到毛泽东的英明伟大。这个从湖南湘潭山村走出的师范学生，种过地、教过书、当过兵、编过报纸、发动过起义，在斗争中显示出非凡的军事指挥才能。在历次政治斗争中，他同样显示出了非凡的政治韬略，使得他参与缔造领导的政党和军队不断发展壮大。我渐渐接受了共产党的宣传，对一些困惑不解的问题有了比较清楚的认识，思想越来越趋向革命。

有一次，支部安排我们两三位同学去搞革命宣传。我们写好标语、印好传单，待夜深人静之时去伪镇政府、警察署的墙上贴标语，往窗户门缝里塞传单，还把标语和传单贴到了镇长的宅院里。当我们完成任务回来时，已接近凌晨，几个人毫无睡意，无比兴奋，像从战场上凯旋的战士。我们秘密地进行着政策宣传工作，宣传战争形势，宣传党的政策，攻心造势，为迎接解放做好舆论准备。支部认为我们在宜山镇干得不错，社会影响很大，批准我们到县城去继续从事秘密宣传。我们越干胆子越大，经受了一次又一次严峻的考验，有时甚至有被抓的危险，但由于我们有文化有胆量，机智泼辣，每次都能化险为夷。

记得有一次，党组织召开了一次小型会议，一位同志激动地说："人民解放军已经渡过长江了，南京国民党政府被占领了！"

我预感到时局要发生巨变，期待全国解放的到来。

过了几天，班主任上课时，公开向全体学生讲："解放军靠小小的木船，迎着波浪滔滔的长江，攻克防线，占领了总统府，不顾打仗行军的疲劳，部队继续南下，解放杭州和温州，到达我们县城的时间临近了。"

大多数同学兴奋异常，当然，也不乏情绪颓丧者。

有知识者并非都是思想先进，见识超群。就在班主任跟我们宣传的同一天的下午，历史老师在教室里对同学说："共产党占领了要共产共妻，长得绿眉红须，害怕极了。"

我嗤之以鼻，认为这是反动宣传，但又害怕暴露身份，不敢在课堂上和他争辩。

四

1949 年 5 月，温州城解放。其时，我正从师范学校毕业，和其他几位女同学一起，被派往宜山镇附近的钱库镇小学实习。一天，浙南游击纵队三位同志乔装打扮后，来到钱库小学找我谈话，推荐我去参军，说是部队需要一大批有文化知识的青年，女兵尤其需要，而且指定了集合地点，要求走之前绝对保密。我当时高兴极了，心潮起伏，一夜未眠。

第二天，我借故向钱库小学请了假，回到家后，简单收拾了一下行装，心情忐忑不安，一直熬到晚上，等到家人睡后方动身。看着熟睡的弟弟妹妹，我的心里很清楚，弟弟妹妹们从小失去母爱，是我一边上学，一边照顾他们的生活，才使他们免受继母的欺负，争取了父亲的一些怜悯和关心。如今我离他们而去，两个姐姐又远嫁他乡，今后由谁来照顾和保护他们呢？想着想着不禁潸然泪下。

但又想到，我此次如果不走，以后没有这样的机会怎么办？为了自己的前途，顾不了那么多了，我决心已定。

离家之前，我留下一张纸条给四妹："我走了，行迹无定，让爸不要去找我，你要照顾好弟弟妹妹。"

我心里默默念叨：弟弟妹妹们，姐姐走了，愿上天保佑你们。在月色朦胧的深夜，我越窗而出，疾步跑向集合地点。我们一起参军的共计十人，六女四男，加上浙南游击纵队派来的一位领队，一共十一个人。

六个女生中，李素琴、许琼仙、吕玉兰、陈行素是我同班同学，年龄跟我差不多，也都是十六七岁的样子。另有一位张爱华，是钱库小学的教师，年龄稍大一些。男同志也都是平阳师范的学生。

温州市刚解放，平阳县城吃紧，走上几里路就有伪警盘查。大家统一了口径，身份为"去温州参加考试的学生"。

我们避开大路走小道，跋涉一百余华里，拂晓时分抵达温州市，来到二十一军六十三师的驻地，在召集人的安排下，我们到政治部报了名。就这样，我参军了，当上了一名光荣的中国人民解放军女战士！我暗下决心，一定要积极干革命，沿着这条全新人生道路坚决走下去，永不回头！

于我而言，在1949年前，我已经有三次解放了。第一次，是战胜了旧的婚俗，没有去沈家当童养媳；第二次，是脱离了继母的束缚，考取了师范学校；第三次，是加入中国人民解放军，走上全新的人生道路。

五

入伍后，我们在六十三师青训队集训三个月。

青训队借驻在温州一个中学里，上课是在学校的一个闲置的大礼堂里，没有桌椅板凳，我们带上自已打好的背包，当凳子坐，在膝盖上做笔记。

女兵的宿舍是一个空荡荡的教室，在水泥地板上铺些稻草，盖上竹席充当褥子。部队发给每个人的被服都很简单，津贴更少，还不够买一支牙膏，我们用盐代之刷牙。

条件很简陋，生活非常艰苦，但大家热情高昂，毫无怨言。青训队每天早上出操训练，都要求全副武装，背上背包，绑好绑腿，要求极严格。

我们初来乍到，在老

刚参军时的陈于湘

兵的帮助下，勉强学会了打背包、扎绑腿，但动作很不熟练。为了保证第二天出操不耽误时间，不落后于别的分队，我们都不解背包，不松绑腿，和衣而睡。

我们当时是六十三师第一期青训队，队长是刘纯，区队长是张跃。青训队下设若干区队，每个区队下设三个小分队，相当于班。由于我工作积极，作风泼辣，上级指定我为小分队长，管十几个女学生兵。

在我的小分队里，有李素琴、何春茜、陈军、张婉青、许琼仙、胡云贞等十余人，由于文化程度较高，综合素质好，各项工作、学习都搞得不错，常受到区队领导的表扬。

经过三个月的磨炼，大家普遍提高了思想觉悟，懂得了为人民服务的道理，为今后工作打下了基础。

1949 年秋，六十三师第一期青训队训练结束，大家待命分配，情绪十分激动。青训队自编自演了一台联欢晚会，欢送战友踏上新征程。

六

我和胡云贞等三名同志被分配到师农村土改工作队。

我随工作队进驻瑞安县马屿村，主要任务是深入发动群众，提高贫下中农的思想觉悟，实行减租减息，斗争地主恶霸，进行土地改革。队长叫阎绍武，指导员是位女同志，叫吴志南，队里其他同志大部分是山东一带的人，不懂温州方言。宣传党的政策，到贫下中农家里访贫问苦，听取群众反映情况问题，都由我来转达，我用语言架起了桥梁，紧紧地将工作队和广大群众联结在一起。

秋末的夜晚，秋风瑟瑟，凉意袭人，而我心里却热乎乎的，因为自己的工作取得了成绩。

有一次，队里决定要召开全乡万人大会，斗争恶霸地主和有民愤的伪保长。这次大会关系重大，开好了，可以鼓舞贫下中农的斗志，为下一步实行土改打下良好的基础；开不好，不仅会影响解放军的声誉，还会削减群众的斗争热情。

大会由乡农会干部主持，队长讲话，让我当"翻译"。

开始我心里有点虚，怕"翻译"不好，阐明不清党的政策，加上队长讲话从来不拿稿子，想到什么就讲什么，更增加了我的工作难度。

会议即将开始，就像在战场上打仗一样，冲锋号一响，只能前进，不能后退，我想，反正就是这样，豁出去了，尽我最大的努力去做吧。

群众从四面八方进入会场，我在队长身旁一站，见到台下人头攒动，黑压压一片，千万双眼睛直盯着我们。我哪里见过这种阵势，不禁有些心慌，但广大贫下中农的激昂情绪增强了我的信心，慢慢地我冷静了下来，既准确"翻译"了队长的发言内容，同时又把气势和声威表现了出来。

队长讲话刚一落音，骨干分子便把地主恶霸推到台前，个个头戴纸糊的高帽，有的脸色蜡黄，有的浑身发抖。贫下中农口号声此起彼伏。

受过剥削压迫的群众，跳到台前的一条板凳上，控诉地主恶霸和伪保长的罪行，声泪俱下，群情激愤，万人大会达到高潮。

一些苦大仇深的人，涌向斗争对象的身边，有的揪头发，有的用嘴去咬，有的吐唾沫，台下秩序大乱。工作队员全力维持秩序，会场才渐渐安静下来。

最后队长讲话，宣读了其中一个恶霸地主的罪行，并宣布拉出去就地枪决。

通过这次大会，贫下中农感到共产党确实和他们站在一起，为他们做主。随着共产党的威信在群众中提高，我们土改工作队的工作进展便越来越顺利。

这次会议的成功，对我的启发锻炼很大，教育别人的同时也教育提高了自己；由于大小会议都由我当"翻译"，我的政策水平很快得到了提高，语言更丰富了，心理素质也更好了，为我今后组织开展各种会议打下了扎实的基础。在师农村土改工作队三个月，由于工作积极，表现突出，我荣立三等功一次。

七

工作队驻地位于瑞安和平阳交界处，距我家很近，我离家已半年有余，与家人没有书信来往，我父亲到处打听均无消息。据说，他还亲自到温州去找过我。

当时，六十三师就要参加舟山战役，土改工作队很快要撤回部队。我想趁此机会见一下父亲，了解一下家里的情况，顺便向他宣传党的政策，当即给家里去了一封信。

父亲接到信后，喜出望外，径直拿着信找到部队上来了。他一身农民的打扮，肩挑两个竹编的箩筐，一头装着日用品，一头装着我小时爱吃的甘蔗、饼干、云片糕之类的食品，同时还带来一双他给我买的新雨鞋。

这双雨鞋是我参军前一个月左右，父亲给我买的。我离家时没舍得带走，准备留给四妹穿。没想到父亲始终挂念着，这次又带来了。

父亲见到我时，话未出口，就先流泪了。

我心里也有种说不出来的难受。男儿有泪不轻弹，我父亲性格刚强，我这一生中，只见过他流过两次泪。第一次是我九岁时母亲去世，我和父亲为母亲守灵时，他流了泪；这次是思女心切，又一次流了泪。

他共在部队住了三天。离开部队回家的前一天晚上，我们父女俩促膝谈心到很晚很晚，父亲问了我很多问题：共产党对地主兼工商业行的政策如何？弃农经商好还是弃商务农好？家乡实行土改，我们家要分出不少土地和房产，该如何是好？……按土改政策，我家的家庭成分要划成"地主兼工商业主"是无疑的，我提醒自己站稳无产阶级立场，好言劝导他说："土地、房屋、财产都无所谓，自家经营三十亩田，又无劳动力，依我看还是弃农从商为好。挂牌的甲长，从不干事，没有血债和民愤，政府是不会对你怎么样的。"

我父亲一副理解又不理解的样子，按我当时的政策水平，再也道不清了。

第二天一早，父亲就离开了，上路时，太阳才刚刚露出半个脸，我送他到驻地的村口，目送着他的身影远去，直至消失在晨雾中。我没有悲伤，没有眼泪，但心里总感到不是滋味。

八

当时二十一军的任务是协同兄弟部队解放舟山群岛。六十三师农村土改工作队撤回后，为了支援前线作战，搞好战场救护工作，师后勤部决定举办卫训队，凡是女同志都要参加培训。

1950 年 2 月，我由土改工作队分配去六十三师后勤部第六期卫校学习，每天学习解剖学和人体结构等医学知识，学习战地救护和伤员包扎等操作技能。

卫校的学员绝大部分是浙江一带入伍的女兵，队长由六十三师政治部主任肖潮的夫人林立同志担任，言行是我们的副队长，颜茂杰是指导员。

我们女生编成一个排，让我担任排长，上课下课、早上出操、晚上点名，一切行政管理都由我来负责。

我工作泼辣，对女兵要求严格，动辄批评，不讲究方式方法，一些年纪小的女同志被我批评得哭鼻子，我都不在乎，认为反正自己没有私心，是按领导的要求去做的，而且违反纪律挨批评是应该的。

记得有一次，全排分班召开民主生活会，她们对我提意见，说我批评人态度生硬，不讲民主等，我虚心听取了大家的意见，并诚恳地作了自我批评。从此以后，我言行举止都注意以一名党员的标准要求自己，做到有则改之，无则加勉，知无不言，言无不尽。这是受党教育培养的结果，是对党忠诚的具体体现。

有一天师后勤部通知卫校，后勤首长要检阅部队，队部立即通知连排长开会，要求各单位抓紧布置任务，认真操练，不要在后勤直属机关会操时出洋相。不出洋相、不"冒泡"、不掉链子，几乎成了一些领导的标准工作要求，特别是在部队。比如，连队俱乐部集合看电影或点名，要放马扎，带队的排长或连长在下达口令之前，会绘声绘色地说一句"看谁动作慢"。部队视事故问题如洪水猛兽，避之唯恐不及，如没有事故则额手称庆，其思想根源大抵可追溯到新兵放马扎时期。

六十三师卫生队全体合影，前排左二为陈于湘

恰巧会操那天轮到我值日，全校的队列由我来喊口令，我有条不紊地指挥着卫校学员走队列。大家精神抖擞，步伐整齐，口号洪亮，得到了领导的一致好评，这是我在师后勤首长面前第一次露脸。

九

在卫校期间，我一心一意扑在工作上，学习上刻苦努力，政治上要求进步，积极靠拢党组织，经常向支部委员李瑞田同志汇报思想情况，他是支部书记颜茂杰指定的发展党员联系人，他经常把从颜那儿听到的一些情况透露给我，指出缺点并帮助我改正，使我逐步成熟起来。

李瑞田同志作为我的入党介绍人，找我谈了一次话，他问我："你为什么要求入党？党员要达到哪些条件？奋斗的目标是什么？"

我按党章和刘少奇同志《论共产党员的修养》一书，作了详尽的回答。

最后他单刀直入地说："你的出身成分是地主，比成分好的同志要求要严格些。"

我毫不迟疑地回答："不错，我出身成分不好，但我已彻底背叛了我原来的阶级，参加了革命队伍，以无产阶级的世界观来改造自己的思想，并在实践中付诸行动。"

他微笑着点点头，从抽屉里拿出一份入党志愿书，让我填写，想到自己很快就要成为一名光荣的共产党员了，我激动不已，手都有点打战了。

我不知自己是怎样走回女生排的，我想跳，我想唱。平常去队部，都要路过一条小河，以前觉得普普通通，而今天却看到河两岸的景色是那样与往常不同：河水是清凌凌的，天空是蓝莹莹的，岸边草木轻摇，水面阳光闪耀，泛起点点金光，多么美丽、多么迷人！

✚

我的入党志愿书上呈党支部后，却迟迟没有消息，我心急如焚。后来据知情者透露，是副队长××（后任二十一军卫生处长，已转业）从中作梗，导致我的入党申请在党支部会上没有通过。

事出有因：在我填志愿书的前一些日子，身为副队长的××和女学员L眉来眼去，两人勾勾搭搭。

一次，我查夜时，发现他俩的不轨行为，毫不留情地揭发了。在一些学员的支持下，上书六十三师师部，反映他俩的问题。上级机关十分重视，派师政治部保卫科长高××来卫校调查处理，并亲自找L谈话，副队长在会议上作了自我批评。

后来，高××与L结了婚。

此事一出，上到师部机关，下至卫校，舆论哗然。

××对我恨之入骨，寻机报复。

真是"腊月的债还得快"，在不久后讨论通过我入党问题的支委会上，他便利用党支部副书记职务之便，串通了部分支委反对我入党，使我以一票之差未能通过。

这是我参加工作后第一次遭报复受挫。

我不气馁，不灰心，暗下决心：不入党决不罢休！

十一

八个月的学员生活结束了，我们学到了些初步的卫生知识。毕业后，我被分配到一八七团卫生队当卫生员，先在队部干些入出院登记手续及实例统计等工作。

1950 年 12 月 2 日，卫生班长姜金龙、副班长冯存元作为介绍人，第二次介绍我入党，批准为中共预备党员，预备期为一年。党员未转正时，我随建德同志调到六十三师政治部秘书科工作，改行当收发员。

1951 年 5 月 15 日，在六十三师师长李光军（后任武汉军区副司令员，已故）、政委章震（后任福州军区后勤部副政委）和政治部主任肖潮（后任陕西省军区政治部主任，在"文革"中被批斗致死）等领导同志的主婚下，与时任六十三师直属政治处主任的刘建德同志结了婚。

随着革命形势的发展，部队里要组建共青团组织，我由秘书科调至青年科任干事，着手开展建团工作，科长是徐肃（后任北京军区后勤部政治部副主任），当时师部驻地奉化县（现为奉化市）下陈村。我在政治部机关里的表现非常出色，工作积极，作风泼辣，能文能武，又能吃苦耐劳，在部队南下后参军的小知识分子里，我是第一个入党、第一个提干、第一个立功受奖、第一个取得美满婚姻的人。江南秋季，风景如画。前途光辉，令我鼓舞。然而，秋去冬来，一时间寒风袭人，一派山雨欲来风满楼的景象。

一天，我正在科里整理一个团支部的先进事迹材料，突然通讯员来叫我，说是支部书记、指导员冯玉峰有事找我，我立即随通讯员向连部走去，边走边思忖，究竟发生了什么事情，我猜测着可能是我这个月要转为正式党员的事。这是我久盼的一天，我三步并作两步走，跨进冯的办公室兼宿舍。他坐在办公桌前，拉开抽屉拿出一封信放在桌上，表情严峻，冷冷地让我坐下，询问我在平阳师范学校里是否参加过什么反动组织，我回答没有。我记起解放初期，我所在班级的女同学都去宜山镇人民政府登记自首过，她们曾来信告诉过我，伪三青团名册上没有我的名字，我亦未曾办过任何手续，未曾参加过什么仪式。

我当时要照顾弟弟妹妹和商店，不能住宿学校，而且不参加学校晚自习和其他业余活动，所以我非常自信地予以否认。

指导员从桌上拿起一封平阳县公安局的来信，检举我在师范学校参加过伪三青团组织，名单上有我名字，编号为六四九一七。

　　我惊愕了，将信详细地看了一遍，在信的右上角有："陈余香亦同样是三青团员。"署名为"周芯芯"。她与我不是同班，高我一年级，平常亦很少往来，为什么她会在县公安局的信函上签字呢？我们之间无冤无仇，她为什么要加害于我？我如坠入云雾。冯不容我解释，武断地说："你入伍、入党时均未交代此事，属于对党不忠诚，隐瞒政治历史问题，要慎重地考虑一下，这关系到你能否在本月转正。这是在县公安局伪档案里发现的名单。"这个同学的签名不能算是检举信，我实事求是地重申：没有参加过伪三青团组织，请求组织上认真调查我的问题，不要轻率从事。

　　冯满脸愠色地把我打发出来了。我脑海里一片空白，我不知道自己是怎么回到宿舍去的。这件事像晴天一声霹雳，击得我晕头转向，但我有极强的信念，相信党组织会把我的问题搞清楚的。

　　事后我才得知，当年平阳师范学校校长杨德屿，领了平阳县国民党官员的"旨意"，在校内发展伪三青团组织，为了向上报功，不管个人自愿与否，就把我所在班级的十名女同学的名字都登记上了，但这些人既没有举行宣誓仪式，也没有登记表格。据与我同坐一张课桌的陈振华同学反映，是在一个晚自习的时间里，学校发了一张表格让他们填写，因我没有在场而作罢。

事后亦没有同学或教师通知我，因此参加伪三青团的事我并不知道，又如何向组织上交代呢？党教育我们对任何事物要持实事求是的态度，我如果乱编一通去承认此事，岂不是对党不忠诚？

我感到彷徨、委屈，唯一的办法只有如实反映情况，申诉理由。我写了数封申诉书上呈政治部党支部，如石沉大海。我预感情况不妙，曾找过青年科科长徐肃，他亦认为可以。当时他亦为他的爱人杜颖民入伪三青团检举信一事着急，杜的事以后再也没有人提起过，而我的事他却不肯讲句公道话，我十分气愤，认为他太自私了，但又不敢当面顶撞他。我常常以泪洗面，处于极大的精神痛苦之中。

12月初该是我预备党员转正之时，从冯指导员的态度来看，恐怕很难过这一关。

在一个周末的下午，党支部通知召开党员大会，讨论我的转正问题。

支部书记冯玉峰主持大会，组织委员、组织科副科长杨树贤宣读了县公安局来函及我个人的态度后，让与会党员发表意见，大家面面相觑，全场鸦雀无声。

沉默一些时间后，仍无人发言，会议总不能这样僵持下去，冯只好以支委研究的意见为由，认定我参加过伪三青团组织，隐瞒历史，对党不忠诚，事发后仍不交代，不够一个共产党员的条件，决定予以取消预备考察期，撤销党员资格。

最后我在会上再次申辩，叙述缘由，但也无济于事，我由辉煌的顶峰坠入深渊，我感到迷惑不解，并深感前途渺茫。

一个人失去了党籍就等于失去了第二次生命，政治上蒙受大辱，对我今后的人生不知将会产生什么样的影响，这沉重的打击使我第二次入党宣告失败。我接受不了这种现实，但又无能为力，处于极端痛苦之中。

十二

1952 年元月，我怀孕了，这使建德十分高兴，结婚后他一直盼望着这一天，劝我不要过多考虑个人政治境遇，保护身体要紧。我为了使小生命健康发育，学会了宽慰自己，不跟自己生闷气，除了向上级写申诉书外，就是看小说以解心中之苦恼。

甜蜜的爱情果实伴随着政治上的痛苦遭遇如期而至。第一次当妈妈的幸福暂时抚慰了我心灵上的创伤，我把全部感情和母爱倾注到呱呱坠地的儿子身上。我暗自思忖："儿呀！你母亲虽然承受巨大的痛楚，但一定要让你健康幸福地成长，你要能为妈争这一口气，我死而无憾！"

我的申诉书像雪花般飞向有关部门和领导手中，但始终无结果。这一拖，就是九年之久！

这是痛苦的九年、磨难的九年、抗争的九年、企盼的九年。我度日如年，心境郁闷，备受煎磨。我就像大海中的一叶孤舟，失去航向，望不见海岸；像是一个失足落水者，与水搏斗已经精疲力竭，但没有人救助；更像是《水浒传》中的林冲，被奸邪小人所害，蒙受不白之冤，却无处申辩，屈辱度日。

我想喊冤，却无人理睬；我想哭，又怕遭人耻笑；我想奋进，自己又是被党拒之门外的人……张扬也不是，内敛也不是，强硬也不是，柔弱也不是，奋斗也不是，沉沦也不是，失落感、耻辱感、孤寂感齐袭心头，辛酸、愤慨而又苦涩。个中滋味，刻骨铭心，终生难忘。

十三

1950 年，中国人民志愿军雄赳赳、气昂昂跨过鸭绿江，抗美援朝，保家卫国。1953 年初，我亦随部队进入朝鲜。当时部队学习苏军的办法，官兵授予军衔，规定在军级以下单位工作的女同志都要转业到地方。

我们从朝鲜战场撤回山东省曲阜县（现为曲阜市）第七兵团留守处，重新组编三个妇干队，我被任命为二十一军第三妇干队队长。组织上宣布，女同志转业到地方的条件有三条：一是具有初中以上的文化程度；二是有一定工作能力和组织水平；三是排以上干部，如果不是排级以上干部而具备高中以上文化者，亦可作转业处理，否则一律按复员处理。我符合以上三个条件，就地转业分配去山东省济宁市工作。

由地方参军到了部队，又由部队转业到地方，这是我人生道路的第二个转折点。

十四

从 1954 年至 1960 年，中国社会可谓是风起云涌，农业合作化，城市工商业社会主义改造，"反右运动"，高举总路线、人民公社和"大跃进"三面红旗，大炼钢铁，大办集体食堂……我经历了一系列政治运动和政治事件。

我响应党的号召，以虔诚的态度参加各项活动，工作积极肯干，多次被评为先进工作者和五好干部。在山西建筑专科学校，曾有一次被推荐为"全国三八红旗手"，由于我的历史问题未作定论，校党委贾书记勾掉了我的名字，由女教师张莲池顶替。

1958 年，二十军一位干事将我的历史问题的结论送到我的手中，为我澄清了是非，恢复了名誉。

事后我去找过有关领导，提出党籍问题如何处理，答复："当时处理不是开除党籍，而是取消预备党员资格，所以不能恢复党籍，允许重新入党，不受影响。"承受了九年的政治思想压力，背了九年的沉重包袱得以解脱，九年的磨难使我更趋于成熟。我全心全意地投入工作，多次被工作单位评为先进分子。在山西建校教务科工作期间，还被评为"山西省教育工作先进个人"，并参加全省教育工作者表彰大会。

十五

1961年，建德从北京政治学院毕业（他是赴朝后从一八七团政委的位置上离职学习的），回二十一军后被分配到军直属基干炮团任政委。我们全家随军炮团移防，来到了山西省晋南专署临汾市，亚洲在育英学校学习，没有跟随我们来。亚苏随我们来到临汾，进了幼儿园。

部队驻地屯里公社，离县城约有十华里，家属子女上班上学都不方便，当时正遇部队恢复职工制，组织就把我安排在司令部管理股当文书，工资仍是二十二级待遇。主要协助股长和协理员做些具体工作，还兼管卖食堂饭票等事务。

我工作积极，生活简朴，能和群众打成一片，没有首长家属的架子，受到机关干部一致好评。自我参军后，一直听党的话，跟着党走，在梦寐以求的入党问题上，屡遭挫折，给我精神上带来莫大痛苦，先后入党三次，多次申诉，蒙冤受辱，历时九载。虽然第三次入党了却了我的心愿，但毕竟是姗姗来迟，人生能有几个九年？！我失去了很多很多，提级晋资、职务提升都受到了影响，失去了很多机会！

这次胜利来之不易，但也在我的意料之中。人们常说，真理还没有穿上鞋子，谎言已经跑遍了全世界。而当真理开始走路的时候，谣言和诬陷定会无处匿影藏形。

精神支柱对一个人来讲是何其重要呀！在这九年中，我意志坚强，百折不挠，无怨无悔，自始至终相信组织，相信真理，相信自己，才最终赢得了胜利。

1964 年 3 月，建德由军炮团政委提升为六十三师副政委，我随调山西省榆次市（现为榆次区），先安排在晋中专署物资局人事科工作，后因单位离家太远，就近调到山西省电缆厂上班，后升任办公室主任兼人事科长和党委秘书，这一段我的事业较顺利，再一次达到顶峰时期，我被全局评为"五好干部",而随着"文化大革命"的到来,我再次由顶峰跌入低谷。

十六

1966年,史无前例的"无产阶级文化大革命"席卷全国,以批判《海瑞罢官》为导火线,以5月4日至26日召开的中共中央政治局扩大会议为标志,"文化大革命"正式发动。

红卫兵大串联,冲出学校,杀向社会,抄家打人,砸毁文物古迹,焚毁文化典籍,时局混乱,形势严峻。

我当时在厂里经常组织工人干部学习讨论,虽说学得不少,但对这场运动的实质并没有真正明白。

十七

随着形势发展,山西电缆厂各派群众组织相继成立,上海的夺权斗争波及全国,围攻政府,揪斗干部,抢班夺权,各级党政机关普遍陷入瘫痪状态。

厂里也成立了造反派组织，揪斗"当权派"。安书记、荣厂长都受到了冲击。

根据国务院内务部的通知，部队家属一律不准参加任何群众组织，我哪一派都不参加，与造反派保持着一定的距离。

那些起来造反的人，整天不上班，也没有人敢去管，大字报、小字报、大批判的标语，贴得遍地都是。

有一次造反派召开大会，组织批斗厂长书记，要我站到台上陪斗，我不服气，与造反派们展开辩论，我对造反派头头讲："你们放明白些，我是中层干部，不是当权派，为什么让我参加批斗会？"

"你也要放明白些，厂长书记研究厂里有关大事，许多点子都是你出的，尤其是你掌握人事大权，都是你提出的意见。"那位造反派头头，斜着眼睛顶撞我。

我火冒三丈，手指着那造反派头头："你算老几？你不就是我在六五年底去昔阳县招工时，才把你招来的？看你是个复员军人、共产党员，觉得比较忠诚可靠。刚刚试用期满转正不久，就这么野心勃勃，想干什么？"

他涨得满脸通红，支支吾吾地没有讲出个什么来，转过头就走，最后丢下一句话："待以后再来收拾你。"

我气呼呼地回到办公室，罗雏菊同志（任云鹏的家属，在办公室当打字员）来劝我，让我不要和这号人一般见识，说造反派都是红了眼，失去良知，逮谁咬谁。

自我顶撞了造反派头头之后，他们就商议对策，非要打击我的嚣张气焰不可。他们采取双管齐下的办法：一方面，给我贴大字报。大字报的白纸足有一米见方，用红笔写着"炮轰""火烧""油炸"陈于湘。为了解气，还在我的名字上打上黑色的叉叉，贴在厂部办公楼正门的墙上。另一方面，给我下了第一号通令，勒令我务必在下午参加批斗会。我想好汉不吃眼前亏，跟这帮人又讲不出什么道理，陪斗一下亦无所谓，无非在台上站站而已。

紧接着给我下第二号通令，让我向造反派头头交出人事档案。这事关重大，不能放弃原则，我理直气壮地对造反派头头说："你没有权利拿人事档案柜的钥匙，想要，去晋中地委工业企业公司（山西电缆厂的主管部门），让党委书记开个条子来，我才能交给你们。"而企业公司党委书记此时也被打倒，早就靠边站了。他们的阴谋没有得逞。紧接着又给我下达了第三号通令，勒令把我下放拉丝车间劳动。

这个车间是全厂最脏最累的车间，车间主任是个上海人，在厂里技术数一数二，他是党支部委员，为人正派，性格直爽，爱憎分明，我们一直把他当骨干培养。

他看到第三号通令后，立即召开组长会议，吩咐大家："陈主任要来我们车间劳动，一是表示欢迎；二是不让她干活；三是让她上正常班，夜班全免。"组长们称是。有的人讲："她是很能干的。"有的说："这伙造反的没有好人。"有的说："这个造反头头还是个复员军人，是前年陈主任下昔阳县招工时才招上来的，现在他却恩将仇报。"有的说："给陈主任贴的大字报就是他写的，什么出身地主家庭，是地主阶级的孝子贤孙，什么混入党内的阶级异己分子，光扣大帽子，没有具体内容。"

他们正七嘴八舌地议论着，我来到他们车间，车间主任把我安排在他们的更衣室休息。他诙谐地说："上面指示你要接受工人阶级监督劳动，你就在这个房内待着，不准乱走乱动，有事会叫你做的。"我要求他安排具体任务，他一边摇头一边走开了。

我参加革命几十个年头，是一步一个脚印地走过来的，未做亏心事，不怕鬼敲门，心里很坦然。

在受冲击期间，我虽没有受过皮肉之苦，但思想压力还是很大的。

那时搞踢开党委闹革命，上至国家主席，下到知识分子、基层干部，都被揪出来批斗。我们好端端的一个工厂被搞得乱七八糟，党委说话不算数，造反派指挥一切，月月生产任务完不成。

政治与生产有矛盾，造反派与当权派有矛盾，群众组织派别与派别之间有矛盾，这样唇枪舌剑、打打杀杀，何时休矣！忧国忧民的有识之士不禁要问：中国究竟向何处去？

面对这种混乱、反常的局面，我越来越感到迷惘，越来越感到忧心忡忡。

据后来电缆厂拉丝车间的工人来信讲，那位复员军人造反派头头，在厂里一次武斗中被打死了。

十八

1967 年 2 月，部队接到军委通知，按照毛主席指示，实行"三支两军"（支左、支工、支农，军管、军训），二十一军由山西开赴陕西接受任务，部队家属一律随部队走，我就带着四个儿子和一个保姆来到了陕西省宝鸡市。

部队要支左，家属一律不安排工作，工资由原单位发。

家属闲着无事干，职工科便把我们家属组织起来成立家属委员会，设立党支部，我被选举为支部书记。我安排一部分家属帮助支左部队上街抄大字报；一部分家属为战士们拆洗被褥，缝补军衣；另一部分为儿女多无保姆的家庭干些家务活。每周还安排家属学习毛选、毛主席诗词及形势报告，把家属们的学习、工作和生活安排得井井有条。

有时也难免会出现一些家庭不和、邻里纠纷等，我们家属委员会都主动出面帮助调解，部队干部反映较好。

1968 年 5 月，我被推荐参加兰州军区学习毛主席著作积极分子大会，会上奖给我一套《毛主席语录》、一枚毛主席像章，其时为莫大的奖励。

我担任六十三师家属党支部书记期间，职工科项干事找我谈了一次心，交代给我一个任务，要发展师里一个主要领导的爱人 W 同志入党。我也感到党支部不仅要组织大家学习好，对一些表现好的同志可以吸收入党，这也是党支部的任务。

我对 W 同志也没有什么意见，过去在榆次市（现为榆次区）工作不在一个单位，了解甚少，这段时间接触感到还是不错的，既然组织上交代了任务，我们尽力而为。

我找几个支委交换了意见，大家都无异议。为了进一步统一思想，我们开了一次支委会，我先在会上发言："这一年多时间里，我们家属大部分表现不错，我们支委们议了一下，看哪些同志属于发展对象，哪些属于培养对象。然后，支委分一下工，任务落实到人头，定期汇报情况。"我话音刚落，李超杰副政委的家属单梅芳同志立即表态："我看 W 同志不错，可以作为发展对象。"

我接着说："由单梅芳同志负责找 W 同志谈一谈，看看本人对党的认识和要求。"单说："我住东边楼，

Y（一个副师长的家属）住西楼那边，挨着 W 同志住处近，让她找 W 同志谈谈方便些。"听单梅芳讲完后，我的目光移向 Y，示意她发表意见，Y 发言："我讲几句，W 同志不够发展党员的条件，家庭出身地主，有亲人在台湾，在国民党里当什么官，她至今也未与家庭划清界限，每月寄给她母亲生活费五十元，等于一个工人的工资，生活水平要高出贫下中农。这个人思想狭窄，私心很重，一切都从自己出发，天天围着丈夫转，把精力放在家务上，工作干劲不大。每次参加学习总是应付，从来不记笔记，不发言。"

她这番话把我们几个支委愣住了，看样子会开不下去了，我就谈些下一段工作，然后宣布散会，下次再议。

我一边往家走一边想，这次支委会怎么会开成僵局的呢？Y 和 W 同志关系不错，谁能料到她会提出反对意见呢？我想抽空和 Y 谈谈，等谈好后再开会研究。

出乎意料的事情发生了，Y 却在散会后立刻向 W 同志大献殷勤，并颠倒黑白，说："你的入党问题未通过，主要是党支部书记反对。"把矛头指向我，W 同志不了解内幕，从此以后，视我为仇人，但又奈何我不得，就在背后搞阴谋诡计，暗里中伤我，先后三次向有关领导告我的状。

我坦然待之，但回头想想，自己也有责任，在她入党问题上，工作没有做细做透，给别有用心的人钻了空子，造成了误会。

我性格刚正，批评领导及同志的缺点，也是说在当面，却没有考虑效果如何。这是我最大的特点，也是我最大的弱点，往往好事办成了错事。

俗语说，害人之心不可有，防人之心不可无。由于缺少防御心理，往往在不知不觉中得罪了一些人，而且有人在背后故意中伤我，使自己前进的道路上，无形中埋下了陷阱和荆棘。

十九

1968 年，宝鸡市成立了革命委员会，建德任革委会主任，他为革命大联合、制止武斗、解放老干部做出了不少努力，使宝鸡市形势基本上趋于稳定。

1968 年下半年，我们部队家属陆续安置到地方单位工作。我和六十三师宣传科长潘子健的家属蒋月琴同志分配到宝鸡市粉末冶金厂工作。

冶金厂属于清姜区，位于渭河南岸，每天上班骑自行车跨过渭河大桥，大约要走半个小时。该厂正处于筹备阶段，人员未调齐，工作没有走上轨道，每天上班无所事事，整个厂也没有卷入"文革"运动，真是世外桃源。

1968年7月，我又增添了一个小儿子。家离单位太远，有诸多不便，我提出调动一下工作，被就近安排到宝鸡人民印刷厂。宝鸡革委会办事组长、六十三师副参谋长徐治中的家属林琳，已在印刷厂搞政工。我去后先搞工代会工作，闲时就下车间参加劳动，与工人群众打成一片，在群众中有较高的威信。

由于1969年4月要召开党的九大，宝鸡市革委会分配给厂里一个九大代表名额，性别指定要女性。经厂里领导研究，推荐第一车间工人张桂花同志为代表，让我执笔写张桂花的先进事迹，徐治中鼓励我要写好这份材料，为印刷厂立一大功。

我刚到厂里，对张桂花同志的情况不甚了解，我就深入到群众中去，掌握第一手材料，几易其稿，总算完成了任务。张桂花同志代表印刷厂参加了九大，为宝鸡市人民印刷厂争得了荣誉。

二十

1969 年六七月份，印刷厂成立革命委员会，主任赵忠祥，山东章丘人，是部队转业干部，我被推荐为革委会副主任兼政工组长。另一位副主任杨来运，河南荥阳人，是老印刷工人出身，他虽是一个造反派组织的头头，但在"文革"中表现不错，主抓生产很有起色，为了攻克彩印技术难关，他付出了辛勤的劳动。我们都是坚持"抓革命，促生产"的，工作配合默契，关系处理得比较好。

在以阶级斗争为纲的极"左"思潮影响下，工厂为纯洁工人阶级队伍，深挖细找阶级敌人，翻阅个人档案，查出身成分，看现实表现，然后进行排查摸底，对认为历史可疑的人，组织攻心战术，进行批判，施加思想压力，同时，组织骨干实施外调工作。

当时我们的思想都非常"左"，做出了一些错事。一些不该批的批了，不该斗的斗了。如三车间一个大学生，在车间开会时乱写乱画，无意中把刊登毛主席头像的报纸画得乱七八糟，车间里认为他平时表现不好，是丑化毛主席以泄心中之恨，组织好几场批判会，我都认为这是车间组织的，未加以制止。二车间主任王忠孝，共产党员、先进工作者，各方面表现很好。在一次批判会上，由于紧张，喊错了一句口号，天天向毛主席请罪，从此不受重用。

每逢毛主席发布最新指示，每个人都很自觉地从家里赶到厂里集合，上街游行，我也不例外，而且是积极的组织者。

二十一

我任宝鸡市人民印刷厂革委会副主任兼政工组长期间，在第二车间工人张定国是否定为反革命分子的问题上，与主任赵忠祥发生了分歧。张定国是河南人，富农出身，工作中，以所印刷的产品上无毛主席头像和毛主席语录为由，拒绝接受车间主任布置的工作任务。大家认为他是"打着红旗反红旗"，破坏"抓革命，促生产"的伟大指示，经过群众批判，厂里将其隔离审查。

当时的监视人向我反映这个问题，我组织了一个小型的攻心会，张语无伦次，答非所问，精神烦躁。我感到他行为异常，建议医疗所带他去一康医院（地区中心医院）做检查，医院诊断证明张定国患有精神分裂症。

我在组织一些工人召开座谈会时，有人亦谈到几年前厂里搞基建时，院内挖了个水泥坑，他在寒冬腊月滴水成冰的季节，无缘无故地脱衣跳入坑内，也曾被医院诊断为精神分裂症。

过去有过此类病史，这次重患此病无疑。我认为一个精神病患者，不论做出什么错事，即使讲了反对毛主席的错话，也不应负法律责任。我坚决不同意将张定国定为反革命分子，而主任赵忠祥不相信医院开具的诊断证明，非要定他为反革命分子不可。

为了说服赵主任，我派人到河南张定国的家乡去，以外调为名，将其妻子及子女带到厂里与张定国见面，他竟连自己的妻子儿子都不认识了，事实充分证明我的意见是正确的。

赵却认为我是惺惺惜惺惺，因为自己出身地主家庭，所以包庇富农出身的张定国。

二十二

张定国事件对我的影响非常重大。在"九一三"事件、粉碎"四人帮"以及后来的整党中，我都要作检查说明，并且曾到宝鸡人民印刷厂，在群众大会上对问题作了详细的交代，许多群众都见证，说我"讲清楚了""没有主要责任"，但当时的政治环境和某些领导却抓住此事不放，给我的升职增设了许多障碍。

我对党忠心耿耿，一切听从党安排，一贯听党的话，努力学习，积极工作，从1971年任副处级职务，整整干了十个年头。

我既是"文革"的虔诚响应者，积极参与者，更是一个受害者。

大千世界芸芸众生，在那么扑朔迷离、深不可测的政治时局面前，要想独具慧眼，把握命运，保持清醒，避免狂热，是多么艰难啊！

大寨的陈永贵，一个山西农村大队的支部书记，垦荒种粮，围坡造田，他和他的村子被毛泽东树为楷模和样板。大寨名扬全国，成为当时农业战线上一面最大最红影响力最深的旗帜。他本人更是显赫一时，官至政治局委员、国务院副总理，戴着山西老农的白毛巾出入中南海。

不识庐山真面目，只缘身在此山中。但愿今后的年轻人，在人生道路上少遇些坎坷和障碍。

好人一生平安！

好心人一生平安！

二十三

1971 年 9 月 13 日，被写入党章的"毛主席的亲密战友和接班人"林彪摔死在蒙古的温都尔汗。

1976 年，周总理、毛主席、朱委员长相继逝世，邓小平复出。上面规定，取消各级革命委员会，恢复成立省市地县各级党委和政府部门，恢复"文革"前的部委局办等相应机构。宝鸡市革委会工交办被撤销，我被调任宝鸡市民政局副局长，主管政工工作，局辖七八个单位。

在此期间，我积极开展拥军优属工作，为复员退伍军人安置工作，解决社会福利救济问题，经常深入基层，跑遍宝鸡市所辖的两区十三个县。

那时虽说已经解放快三十年了，但群众的生活依然十分贫困。有一件事对我教育特别深刻，我至今未能忘怀。

有一年春节前夕，我们驱车数百里山路，到张家川、天水交界处的拓石村一家农户去访贫问苦，当时正是三九隆冬，北风呼啸，而这户人家住的是用野草搭成的简棚，在出入口处用一条破麻袋挡着，当大门。

主人畏缩在门边，身穿一件棉絮外露的棉袄，下边着一条单裤。

我问："你家就你一个吗？"他讷讷地说："都在嘞。"我环视四周，目光移向一个用木板搭起来的床，几个孩子和一个中年妇女，围住在一条破被子内，由于没有裤子穿而不能下床。

草棚中间牵根绳子，下面吊着一个土火罐子，罐子下端还有未烧尽的野木灰，冒着缕缕青黄色的烟，罐子旁边放着几个黑乎乎的破碗，这就是全部家当。

我问："快过年了，你们一家准备怎么过呀？政府对你家不是给救济款吗？"他惊讶地瞅着我和同去的一个民政干部，无奈地答道："靠天吃饭，天旱收成减半，有什么办法呢？什么叫救济款？从来没有听说过。"

我感到很纳闷：民政部门每年下发的救济款都到何处去了呢？生活困难的贫困户为什么得不到救济款？后来我才了解到，这些救济款并没有真正到贫困户手里。大多数被县级机关挪用了，就是摊发至各乡政府，也被少数干部贪污了，偶有一点发至各生产队，又被队长支书等人以误工补贴为名占为已有。

纵然是斗大的金子，从山顶滚到山脚也都会变成耳屎，这么多"过路财神"、贪官污吏截拿卡要，贫苦百姓要能拿到钱才是怪事呢！

可见，贪污腐败这类事在当时也是有的，有的甚至还很严重。

我一直反对讲过去的人多么多么品德高尚，过去的社会风气多么多么纯洁美好，这多半是对现实不满，特别是对自己处境不满而产生的一种一厢情愿的感叹。

二十四

通过这次调查，我发现了以现金方式实施救济的弊端，建议改现金救济为实物救济。把救济款换成贫困户急需的棉被、褥子、棉衣等物品，直接发到贫困户手中。民政局领导采纳了我的建议，按此法实施后，群众反映很好，同时也间接地挽救了一批县乡村干部。大家都是人，感情都是相通的。从这家贫困户的艰难生计，想到我们这些为官者生活的优越，与他们比较，真是天壤之别。我们不能身在福中不知福，不能忘记为民请命、为民做主。我经常以这个事例来教育子女，教育他们有权不要用尽，有福不要享尽，不忘初心，保持本色，发扬中华民族艰苦朴素的优良传统，早点长大成人，为群众多办实事。

在扶贫济困的过程中，我也感到中国的农民特别容易满足，也特别容易感动。例如那户农民，肚子吃饱就是全家人最大的愿望，小农意识使他们安于现状，不思进取，懒惰散漫，这是一种极其可怕的思想障碍。

二十五

　　1981 年春，建德由二十一军副政委调任兰州军区后勤部副政委，我随调兰州，到中国人民银行甘肃省分行上班，任分行工会办公室副主任。又是一个新的工作单位，一切又要从头干起，而且银行工会工作刚刚起步，有许多建设性的工作需要做，我更是忙得不亦乐乎。工会工作毕竟仍属于政工群众工作的范畴，和我原先干过的工作很相近，虽说是新单位、新环境，干起来却是得心应手。

　　我坚持深入基层，体察民情，为职工排忧解难。

　　甘南藏族自治州玛曲县，聚居藏胞，主业放牧，海拔三千八百米，属高寒地区，每年要烧九个月的火炉取暖，县城连个彩色照相馆都没有，玛曲人行职工边穷区的生活补贴尚未解决。

　　我回行后，根据该行的实际困难，逐个予以解决。以工会的名义赠送该银行一台彩色电视机。同时与财务处协商，解决职工的边区、穷区生活补贴问题，最后决定以原工资的百分之五十五给予补贴。群众反映极好，说：

"省行领导干部深入这么边穷的县城,陈主任是第一次,多年反映的生活补贴问题马上就给予解决的,仍然是第一次。"

二十六

部队调防,我的一生真可谓四海为家。我 1949 年在浙江温州参军,后随部队至宁波舟山,1954 年从朝鲜战场上撤回祖国后,转业到山东省济宁市,后到山西的晋中、太原、榆次,陕西宝鸡,甘肃兰州,辗转华东、华北、西北八个省十五个县市。在风风雨雨几十年里,我上过学、务过农、参过军、经过商、招过工、当过官,无论是旧时的"士农工商",还是后来的"工农兵学商",我一样不缺,样样都干过。

兰州位于西北黄土高原,海拔一千五百米,少雨多沙,空气干燥,我对当地气候和水土不太适应,胃病越来越严重,心脏供血也不好。

1981 年 8 月,我胃病复发,住进兰州军区总医院。第一次做胃镜检查,诊断为中度肠化型萎缩性胃炎,随着年龄的增长，我身体的抵抗力越来越差，胃病便经常复发，几乎每年都要住院两三次。

1984 年，我去北京解放军总医院住院检查。医生认为我的胃部有长期炎症，病变的可能性达百分之八十，要求我务必每年做两次胃镜检查。

病魔缠身，想干好工作，常常感到心有余而力不足，但我不放松，仍以极大的热情投入到工作中去，每次出院后，一天都不休息，马上去上班。

二十七

每一个人从娘胎呱呱落地，父母便给了他一双脚，从蹒跚学步算起，到寿终正寝为止，可谓一辈子都在走路。

人生的道路虽然漫长，但要紧处却只有几步，特别是当人年轻的时候。我十七岁背叛了自己的家庭，选择了革命道路，年轻时的选择非常正确，但对我来说，要紧处不仅仅是年轻的时候，风口浪尖几乎伴随了我一辈子。因为革委会专案组长的身份，我受诬陷，虽屡获荣誉但升迁无望，在副团的位置上干了整整十年；因为张定国事件，我再次受诬陷，申诉无门，挨整四年。

我从十七岁参军入伍，到五十七岁离休，为党、为革命整整工作了四十一个年头，一腔热血一副肝胆，上不愧党下不愧民，但就在这四十一年里，我蒙冤受屈的时间竟达二十三年，遭遇历次政治运动，饱尝屈辱和艰辛，可抓我辫子打我棍子扣我帽子的，不是不共戴天的阶级敌人，而是同一阵营里的同志。死在敌人的屠刀下，是大英雄，而倒在同志的暗箭下，这算什么？

当你向往追求某一事物并为此奋斗终身，却又受到来自这个阵营里的人的怀疑和非难，世间恐没有比这更为痛苦的事情了。你有热情付出，却没有回报，甚至缺少起码的认同，当一个人的基本精神利益都得不到满足，怎么能不令人心痛？我心在流血，精神创伤至今难以抚平。

二十八

对四十一年的工作，我尽其所能，此生无憾，对二十三年的不公待遇，我块垒难消，但也不抱憾终天。永远跟着党走，这条人生之路我选择对了，否则，哪有我的今天。

因此，即使是在最委屈、最受煎熬的日子里，我仍然忍辱负重，积极工作，每到一个单位都被评为五好干部、先进工作者，曾被评为省级先进工作者。先后立过四等功三次，三等功两次，奖状证书一大摞。遗憾的是，我没有全国性的表彰奖励。在山西太原建筑工程专科学校，曾被推荐为"全国三八红旗手"表彰对象，由于个人历史问题未搞清，党委不同意，以另一女同志取而代之。

二十九

1989 年，我五十七岁，彻底退下来了，放下肩上的担子，消闲下来享受家庭的温暖。

回望自己风风雨雨坎坎坷坷的人生道路，贯穿始终的是一种"天行健，君子以自强不息"的斗争精神，是一种"安能摧眉折腰事权贵，使我不得开心颜"的人格，是一种"苟利国家生死以，岂因祸福避趋之"的态度，是一种"仰天大笑出门去，我辈岂是蓬蒿人"的自信洒脱。

　　我从小备受磨难，屡遭轻视，有反叛的胆气和忍让的肚量；我读书求学、思想开明，是被知识武装党性锻炼了的女性，相信真理的力量，相信自己的能力，这是我历经风雨而不垮的主观原因。从客观条件看，我有一个幸福的家庭。丈夫体贴，子女成才，生活美满，这些都给予我精神上极大的支持和宽慰。

美满的婚姻

◇ 他托人给我一封信和一张照片，字迹不佳，相貌英武，第一次邂逅爱情，我心慌意乱。

◇ 他的爱深沉浓烈，我曾说他不会谈恋爱，不懂情调。同学的婚姻，打破了我嫌他长我十岁的顾虑，我们相识相知相爱，最后走到了一起。

◇ 我们共同生活近半个世纪，从江南到塞北，从青丝到白发，从没有拌过嘴、吵过架、红过脸。

◇ 宿县寻根，家乡小学破败；美国探亲，异族文明富庶。他说，提高民族素质，关键在教育，出路在教育。我们省吃俭用积攒三十三万元，在宝光寺建起一座小学校。

◇ 建德同志生于阡陌，少小从戎，建功淮海，树勋陈仓，仁厚方正，赤胆忠心，上不愧党，下不愧民，人民不会忘记，共和国不会忘记。我永远怀念他，他永远永远活在我心中。

一

1950 年 2 月，我在六十三师第六期卫校学习，先后担任女生班长、排长职务，学习成绩优良，工作积极，政治上要求进步，各方面表现都不错，在六十三师颇有些知名度。

当时在师后勤部工作的史世忠同志，是建德的挚友，张罗着为建德物色对象。卫校女同志多，自然是他的首选目标。卫校指导员颜茂杰介绍了我的情况，史世忠同志经过多方面了解，确认我的思想、为人和工作都比较靠前，他便正式作为牵线人，介绍我和建德同志认识。

史世忠与建德同志相识于 1939 年，他们同在一个部队，1940 年，他们在八路军十八队（一八七团的前身），史是卫生班长，刘是战斗班长。一次行军途中，建德得了伤寒病，发高烧，史世忠便背着他走，后又亲自送到旅部住院，使建德得到了及时的治疗。当时部队条件艰苦，缺医少药，注射一针药剂要经旅领导批准。

由于建德伤寒病重，高烧不退，旅部卫生队主任张振球去医院看望，安排一名叫张辉的医生负责他的治疗，前后住院治疗达半年之久，病愈归队。危难见真情，他们从此成了生死与共的挚友。

史世忠随部队南下解放温州市，后来部队赴朝作战时，史被组织留下，任温州军分区后勤部长，后任浙江省军区后勤部卫生处长，直到离休，副师级待遇，现定居于杭州市。

有一天，颜茂杰指导员转给我一封信，面带笑容地将信递到我手中，一句话也没说，我亦不便多问，从颜指导员的表情看，定是介绍对象的事。

我的心咚咚直跳，拿着信转身就走，因为快要上课了，没有时间看信，再说，教室里同学很多，亦有所不便。

我把这封带有神秘色彩的信夹在书本中，心中忐忑不安，直到午休，待宿舍里无人时才将信拆开。

信写得很短很短，信内附有建德的一张照片：长方形的脸庞，鼻梁挺拔，浓眉大眼，深深的双眼皮，目光炯炯有神，戴着大檐帽，严肃的表情显示出军人的气质，人长得很英俊潇洒。

从信笺字迹上看，文化程度不高。我当时还有些小知识分子的清高，有点看不起工农干部，我一眼也没瞧。

曾听颜指导员介绍过，他是一八七团政治处副主任（准团级）。我把照片暂且留下，夹在一个日记本里，对是否给予复信，心里很矛盾，出于礼貌，还是给建德回了一封简短的信。信的内容记得不是很清楚了，大致意思是说信收到了，咱们慢慢了解之类的。

这是我第一次接到男同志的求爱信，但心海里并没有激起多少爱情的浪花，毕竟我们还未见过面。

二

大约一个月后的一天下午，颜指导员突然通知我去后勤部医务处，说章锦香处长找我有事。

我直犯嘀咕，盘算着章处长找我的原因。是我第一次入党受阻，思想不通，想做我的工作？还是我当女生排长爱训人，有人又去告状了？

我一边走一边想，很快来到了章处长的办公室兼宿舍。到了门口，我慌忙整整军帽，拉了拉军裙，喊了一声"报告"。处长打开门，把我让进去，指了指凳子让我坐。

我环视房内一周，房子南边是玻璃窗户，窗下放着一张办公桌，桌上放着文件、报纸等，摆得杂乱无章。北边是一张紫红色木雕床，房门对面东墙上挂着一幅人体解剖图，下面放着几把红木靠背椅子，椅子上坐着一个军人，正在聚精会神地看报纸，不知是有意还是习惯，报纸举得很高，竟把整个脸都给挡住了。我也看不清是谁，便没理会。

章处长向我作介绍时，坐在对面那位军人才慢条斯理地放下报纸。章处长介绍了双方的简单情况后，便找了个借口，抽身走出房门，顺手把门带上，屋里只剩下我们两个人了。

初次见到建德，我感到有点拘束，不知该说什么好，我们四目相对，沉默无语。

他先打破这种沉寂，开口对我说："认识我吗？"

我定定神，仔细地望了望他，感到似曾相识，突然想起那张夹在日记本里的照片，我就开门见山地说："认识，在相片上见过你。"

他微笑地点了点头，初次见面，他没有直接谈婚恋问题，似乎对我的工作学习更为关心。他问了我在卫训队的一些情况，我一一作了回答。

他说:"一个女生排有三十余人,而且都是你们温州、平阳、瑞安一带入伍的学生,文化程度不同,年龄有差别,觉悟有高低,会给你工作上带来一些困难,要当好排长是一件不容易的事,该管的还是要管,不要怕有意见。但要关心她们,经常深入各班了解情况,联系群众,我相信你会干好的。"

他对我讲这番话,既是批评帮助,又是教育鼓励,深深打动了我的心。他虽是工农干部,文化程度不高,但政治水平不低,讲话有分寸、有条理,我开始对他产生好感。

因我们才第一次见面,而且职务上差别又比较大,当然感到无话可说,我亦不敢冒昧地问他家庭的情况。看天色已晚,就起身告辞了。

三

1950 年 10 月,我从卫训队学成毕业。我当时思想很单纯,没有考虑自己应该分配到何处,服从命令是军人的天职,认为工作分配是组织上的事,自己向组织提要求,就是个人主义。党是这样教育我们的，我们就要这样做，何况我是女生排长，更应该做好样子带好头。

宣布分配名单时，我才知道自己去一八七团卫生队，同时去的还有潘风弟、胡云贞、陈智、温亦峰等六七人，因为建德在一八七团，这可能是组织上对我的照顾吧。我心里明白了八九分，只是不好意思向其他同学提起此事。

一八七团卫生队队长徐庆富、副队长吴恩茂、医助方培经（后任二十一军后勤部副部长），还有一位药剂师。下设三个班，我被分配到一班，班长姜金龙，副班长冯存元，胡云贞同志和我在一个班。胡是浙江瑞安县人，从六十三师青训队、师农村土改工作队、卫训队以及这次到一八七团卫生队，我们都在一起，关系很不错。

她待人随和，团结同志，活泼开朗，我就把和建德认识的事悄悄地告诉她，她极力支持我，常陪我到建德住处去玩，有时她还督促我去团部，我和建德感情逐步成熟，她亦起到了一定的作用。

后来卫生队队长徐庆富爱上了她。徐队长身体不甚佳，在1954年部队安排女同志转业地方时，他俩一起从抗美援朝前线归来，准备一起转业。后来听说夫妇二人转业到上海卫生厅，1970年和1977年我趁出差之机，曾去看望过他们，胡云贞在上海五官科医院当医生，有两个儿子，生活过得挺幸福。

<h1 style="text-align:center">四</h1>

一八七团卫生队和团部距离很近，步行也就五六分钟。有一次，建德以检查工作为名，在队长等同志陪同下，来到卫生队队部看望我。队部医院设在一栋比较宽敞的民房里，有十几张简易病床。我在办公室忙于登记入出院手续，抄写完医嘱，刚要出门给一个病号灌热水袋，恰巧见到队领导簇拥着建德走进院部，我不好意思说什么，转身就领着他进来，他们看了看病号，问了问工作情况就走了。

建德是团领导，经常到卫生队来多有不便，所以我去他的住处次数比较多，通过一段时间接触，渐渐地相互了解了，他没有详细介绍过他的家庭状况，而是给我一小本自传，让我帮助给抄写一份，间接地向我提供了家庭情况。

因为家贫，他仅上了两年学就辍学了，为了不受地主剥削压迫，刚满十七岁就参加了八路军。

我和建德慢慢地从相识相知到相爱，我深深感受到他为人实在，待人热情，性格随和，没有官架子，是一个可以信赖的男人。我当时思想单纯，没有更多的想法，认为只要找到一个可靠的男人，过一辈子生活，有个终身归宿，别的就无所求了。

一八七团驻地瑞安县城，紧挨着平阳县，离我家不远，我那只有十二岁的五妹带着三四岁的弟弟陈可立来部队找我，在部队住了好几天，我带着弟弟和妹妹见过建德，这是他第一次见到我家里的人。

我俩正在恋爱中，从师部传来六十三师政治部主任周吉一和李素琴同志结婚的好消息。这使我很惊讶，李素琴是我同班同学，又是一起参军的，她和周之间的年龄相差十五岁左右，年龄这么悬殊，竟能结合在一起，而且感情很好，这打消了我对建德年长我十岁的顾虑。

李素琴勇敢地迈出了婚姻的第一步，她是我们同批参军的女同志中首位和部队首长结婚的人，为六十三师解决南征北战老军人的婚姻问题，开了先河。

陈于湘与刘建德合影于婚前

　　感情这事有时让人捉摸不透。工作忙时有时好几天顾及不到，工作闲时就总想去他那儿坐坐，聊聊天。可一旦坐在一起时，又感到没有多少话可说，即使想说，又不好启齿，多时不见又有一种挥之不去的思念。我扪心自问：是否真正爱上他了？是的，我已悄悄地爱上了他，愿以终身许之。

　　我们的关系就这样确立了，这就是缘分吧。

五

　　1951 年 3 月，建德调到六十三师师部直属政治处当主任，副团级。我随调到师部秘书科当收发员。秘书科长刘松（后转业到上海港务局工作），秘书于忠原〔山东人，后调总政文化部工作，"文革"期间下放浙江省建德县（现为建德市）任人武部长，后落实政策重回总政。其夫人陈军与我是六十三师青训队同班战友，在解放军画报社工作，现已离休，住入北京魏公村干休所〕，还有文化教员周善行（女），她主动追求于秘书，后转业到上海华东师范学院任系党总支书记，打印员魏再生（温州人，曾任二十一军法院院长，后转业回浙江温州市任人大副主任），我们每天工作学习生活在一起，现在回忆起来，那段日子过得非常充实愉快。

　　与干医护相比，我更适合收发工作，每天经我手的报纸杂志和信件，多达成百上千，但从未出过差错。

　　经常和信件打交道，对五颜六色图案各异的邮票产生了浓厚的兴趣，虽是方寸天地，却是艺术作品，在不断的欣赏揣摩中我陶冶了性情，丰富了知识，从此成了集邮爱好者。

　　草长莺飞，鸟语花香，又一个生机盎然的江南春天悄然而至。师部驻地浙东奉化县（现为奉化市）下陈村，村边有一条小溪，清亮见底，溪边小草青青，野花朵朵，真是谈情说爱的好去处。常有情侣在溪畔散步叙情，我很羡慕他们，而建德光知道工作学习，一本正经的，不懂得怎样抒发感情，我嫌他不会谈恋爱，不懂情调。

　　我约他出去走走，他显出一脸的无奈："次数多了不好，人家会说这是小资产阶级情调。同时村内驻军这么多，而且师部所有建制连队都归我管，让人看见影响不好。"

　　我俩为此产生过摩擦，有时感到孤独迷惘，生气了还会好几天不去和他见面。但经过一段时间后，我更多地谅解了他，我内心也明白他是爱我的，只是他很含蓄，将感情埋在心底深处，不轻易表露出来而已。

　　我俩心心相印，激起的情感火花不会熄灭。我们结为连理，没有山盟海誓，没有甜言蜜语，没有惊心动魄的恋爱史，没有热热闹闹的婚礼，仅有一本厚厚的书信集为证。

　　我和建德共同生活了近五十年，从江南到塞北，从青丝到白发，始终恩爱如初，家庭生活非常幸福。

六

建德原籍江苏省铜山县褚兰乡宝光寺村，1958 年划归安徽省宿县。幼时家庭贫困，但他父亲还是千方百计让他读书求学，刚上了二年学，他爸得病去世，哥哥极力阻止他上学，说这个家迟早是要分的，文化知识学到你脑子里去，我又不能掏出来。他便辍学在家干农活。

徐州沦陷那年，他十七岁，一人出去砍柴，遇到八路军的队伍，便报名参了军。家里唯一让他牵挂的仅有老娘一人。

他十四岁那年，老父病逝，没有几天，他大嫂喝卤水身亡，撇下了一岁的女儿刘玉清。

他哥哥刘建玉因家贫无钱娶妻，便用他妹妹去换亲，换得一房后妻，得一女刘淑华，孩子也就刚满一岁时，他大哥患重病，于 1950 年撒手西归了。

他的两个侄女也够命苦呀！一个一岁多死了亲娘，另一个一岁多死了亲爹。

安徽省宿州市褚兰镇宝光寺村

　　续娶的嫂子曾向他表过态：活是刘家人，死是刘家鬼，绝不改嫁，一定要照顾好老娘及未成人的女儿。

　　建德听后十分高兴："如果大嫂能这样做，我一定负责你们的全部生活费用，责无旁贷。"

　　话是这么说的，毕竟续娶的嫂子年轻，不久就领着亲生女儿改嫁出门了，弃下刘玉清由他老娘抚养。一个老的拖着一个小的，生活很艰辛。他的大姐、二姐都出嫁了，小妹远走高飞在北京落户，大侄女刘玉清也嫁到徐州。老太太身边无一亲人照顾，他为了尽一片孝心，于1951年趁去南京军区学习的机会，回了一趟老家，将老娘和小侄女刘淑华迁入徐州市居住，与大侄女家相隔咫尺，这样玉清可以早晚抽空照顾她奶奶。老太太的房租、生活费等一切由我们支付。

他母亲生了十三个子女，由于家境贫寒，仅养活了五个（二男三女）。大姐贾刘氏，丈夫在抗日前线光荣牺牲，是个烈士家属，一贫如洗，大女儿十五岁因病夭亡。大姐唯一的儿子名叫小木，因从小得羊痫风，到四五十岁，还娶不上老婆，后来羊痫风发作，跌入池中溺水而亡。我们有时主动接济她一些生活费用，但她是个硬骨头，从来不来信要钱诉苦，她确实是个品德高尚的人。

二姐叫麻丫头，嫁给徐州一姓张的男人，大她二十多岁，生养三女一男，后被其丈夫子女遗弃，孤身一人迁住别处，实为可怜，我们每次回老家路过徐州都去看望她。丈夫绝情弃妻，另寻新欢，这种事情也不能算稀罕，但子女却能忘记母亲养育之恩，与她的丈夫串通一气来虐待折磨她，这样的不孝子女真是世上少见！

小弟四宝，也患有羊痫风，但不很严重，后来也成家立业。

小妹刘素秋，对换亲不满，自择女婿潘孝本后离开家乡私奔，在南京浦口落户。建德 1951 年在南京学习时，曾去她家看望过。潘孝本是个手艺高超的木匠，后因工作需要调入北京市定居，生有三男三女，子孙满堂。她虽然没有文化，但很有心计，在街道里当居委会主任，现已退休，有退休金拿，生活有保障。子女虽多，但个个都有工作，而且对她都很孝敬，每逢节假日，子女们都提着东西回家团聚，共享天伦。

七

记得在春末夏初的一个夜晚，星光点点，月华如水，四周宁静，如同我的心境。这么美丽的月夜，该是与心上人漫步小路倾吐爱慕之情的好机会，但今晚我有任务，要赶写一份材料。

突然，战士小杜来到办公室。

"你来干什么，有事吗？"我问。

小杜脸上显出顽皮的笑，盯住我说："奉刘主任'旨意'，有请前往，商议大事。"

这小鬼是不是摆什么"迷魂阵"来哄我？我按兵不动，坐在办公桌旁，心里疑惑不解。

小杜看我没有走的意思，便在一旁催促我快走，扯着嗓门说："你如不去，我完不成任务，要挨主任的批评。"

我看他说得真像那么一回事，就随他下了楼，向建德住处走去。这是他第一次破例派人来请我去。

我随小杜进入院门，抬头看见他住的二楼的窗户透出灯光，我上楼入室，他招呼我坐下，用诚恳的眼光望着我说："双方经过一年多的了解，有件事我们商议商议。"我用试探的口吻对他说："我没有什么意见，你看合适了就办，我家庭出身是地主，而你家是贫农，出身成分好，参加革命早，政治工作有经验，办事有能力，将来会不会影响你的前途，望你三思而后行。"他听了我这番话，笑了笑说："只要我们的爱情是真诚的。"他没有等我的话，又接着说："要办大事，要先填结婚登记表，还要经过七兵团批准呢。"他取出表格，让我填写，双方签了字。

要办的手续就这样简单。毕竟是终身大事，我回到宿舍后，围绕此事想了很久很久，这结婚申请表上呈组织能否批准？如不获准又该怎么办？我们的爱情会忠贞不渝吗？我各方面条件都与他差之千里，他能永远爱我吗？

我思绪万千，辗转难眠。

过了一个月左右，我们的结婚申请获批准。

我们又商议结婚的日子，定于 1951 年 5 月 15 日为喜庆之日，婚礼是由政治部秘书于忠原同志负责操办的，十分简朴，没有酒宴，没有仪式，没有新房，更没有嫁妆。洞房就是他现住的旧房，被子还是部队发的旧军被，衣服是部队发的旧军衣，白布包袱皮裹着衣服当枕头，连条枕巾都没有，那时部队是供给制，生活条件很艰苦，我们还能企求什么？

那天晚上，我们下班后，把事先买好的糖果、花生、瓜子等东西摆在他住房隔壁的桌子上，这间房子原是政治处的会议室，大家围坐在一起，谈天说地，好不热闹。

李光军师长、章震政委和肖潮主任也赶来参加了我们的婚礼，为我们主婚，肖主任代表师领导讲了话，大家嗑嗑瓜子，吃些糖果，热闹一番。

有人提议让我两介绍恋爱史，弄得我们都不好意思。亦有人说新婚夫妇不愿意开口就算了，让他们同房后自己说去吧。

一个小时左右，婚礼就结束了，我们开始了新的人生之路。以后每年到 5 月 15 日这一天，我们都要庆祝一下。

八

战争年代的军人，大多戎马倥偬征战南北，建德也不例外。他参加过淮海战役、解放舟山群岛、抗美援朝，经常外出执行各种任务。我们结婚将近五十年，但真正在一起生活的日子，也就一半左右的时间，大多数时候处于离别之中。那时通信不发达，打个电话都很困难，不像今天有手机、电子邮件什么的，相隔万里也能瞬间联络。那时交通也不便利，千余里路，坐火车几天几夜是家常便饭。

一旦分离，我们只能靠书信传递思念之情。有些时候我们相聚在一起，他总是埋头忙于工作——战时政工、基层蹲点、外出开会……短则一周，长则数月有余。特别是当主官后，事情更多，责任也更重了，对孩子上学等家务事根本顾不上，家中大事小情都由我来承担，甚至连他自己的工资都由我去签名代领。既要管柴米油盐，又要教育孩子，还要操持家务，身兼"劳动部长""财务部长""教育部长"三职，难处颇多，但我毫无怨言。

陈于湘与刘建德在朝鲜

由于聚少离多，所以特别珍惜在一起的时光，尽量使家庭温暖些、生活愉快些、精神充实些。我们结婚以来，从没有吵过架、红过脸。有时遇到认识不一致时，我们都会抽时间谈一谈，沟通思想，取得共识。

九

我常想，一个女人真心实意地爱她的丈夫，就不能不爱生他养他的母亲。不孝敬长辈，将来子女长大成人了，亦不会孝敬你——上行下效呀！一个家庭生活和谐，形成尊老爱幼的气氛，对晚辈也是一种美德教育。反之，如果常常吵吵闹闹、虐待老人，不仅影响家庭和睦，而且会妨碍子女成长。

除战争时期条件不具备外，进入和平时代，部队每次转移驻地，我总要寄钱给婆母当路费，把她接到部队住上一段时间，一日三餐总是给她做好吃的，里里外外都给她换上新衣服。对婆母的赡养费用，我总按月寄出，每月五十元，如遇特殊情况，还要多寄一些钱。

婆母也是一位很朴实勤俭的老人，从没有强人所难，提无理要求。有时找不到保姆，孩子无人带，她不顾年事已高，主动替我们照看孩子。

婆母子女都在异地他乡，除大孙女刘玉清外，身边别无亲人。玉清对奶奶亦很有孝心。但毕竟她养有两儿两女，家务繁忙，还要上班工作，照顾不可能太周到。

老人中年丧夫，辛苦操劳一辈子，把孩子一个一个拉扯大。家境贫寒，物质上受苦；挂念当兵的儿子，精神上受折磨。如今一把年纪，也该到儿子儿媳身边安度晚年，共享天伦之乐了。

为此我们曾商议多次，要把婆母的户口从徐州市迁出，随军到部队驻地。我们取得共识后，我找婆母谈了我们的想法，她始终拒绝，她说："人老了，出来有诸多不便之处，我想念你们及孙子时，想来就来了，何必把户口迁出来呢？"婆母不愿把户口迁出来的根本原因，是怕死在异乡被火化，思想上有顾虑。既然这样，我们也就不勉强她了。

我们五个儿子都成才，并且对我们非常关爱孝敬，这与我们家庭的影响和教育是分不开的。

我们对子女教育很严格，他父亲经常给他们讲家史，大儿子亚洲听了他父亲叙述的家史，写成一篇文章，我将它复印几份发给各个儿子，让孩子们都知道今天的幸福来之不易。

为了让孩子不因出身高干家庭而产生优越感，不论他们去当兵还是去上学，我都交代不让他们对战友同学透露父亲的职务，要求他们不论走到哪里，都要以简朴为荣，不要虚荣，不要铺张浪费。亚洲当兵之初，每月还从很少的津贴费中拿出一部分寄给他的奶奶。

老大亚洲和老二亚苏当兵后，我就规定不提干不许戴手表，提干后要求他们按月寄工资的一半给家里。我们不是想用儿子的钱，主要是培养他们艰苦朴素的优良作风，我们在银行帮他们开了账户，钱全部存在他们名下，等到长大成人结婚的时候，我连本带息将钱款全部交给他们。

1970 年春节前后，婆母在徐州老家不慎跌倒，伤了筋骨，一直卧床不起。那时二侄女刘淑华已来宝鸡，住在我们家里，哭闹着要去当兵。因为女兵指标少，不是直系亲属当女兵更是难上加难，我们无法满足她的要求。后经过联系，安排她去六十三师办的灯泡厂当冲压工。

安顿了她的工作以后，家里总算是安宁了一些。

她从小在婆母身边，是婆母一手扶养大的，现在一下离开家，婆母每天都思念她。

考虑到婆母无人照顾，大家便安排二姐张刘氏来侍候婆母。不多久，玉清来电报说婆母病危，我们这才得知老人家已卧床近一月。我们分析老人很难挨过这个年。其时，六十三师正开党代会，建德既是政委又兼师长，无法脱身前往，让我代他回家尽孝。他打电话给一八七团替亚洲请假，让他和我一起去徐州。

为了赶时间，我们分两批去徐州，第一批是刘淑华带亚伟先回，第二批是我带着亚洲、亚苏、亚军（小五刚一岁，就没让他去）。

我们马不停蹄赶往徐州，婆母没有等到我们到达，就与世长辞了，终年八十四岁。婆母的遗体停放在床板上，像是睡着了一样，那么慈祥，那么安静，我叫了一声"娘"，潸然泪下。

我们来迟了！没有见上她老人家最后一面，没来得及说上一句话，她就这样匆匆走了！她大半辈子受苦，晚年没过上几天好日子便辞世，唯一的儿子还未能尽孝为她送行，想到此，我悲痛万分。

我来徐州前已有充分准备，带来了不少布票和粮票，当即派人去买白布和粮食，幸好棺木在婆母七十岁的时候建德已替她备好，不必临时赶制。第二天亲戚们陆续赶到，第三天叫了三辆马车，一辆专拉遗体，一辆拉棺材、粮食和布匹，一辆坐人。徐州市离宝光寺仅有二十五华里，可一路颠簸，将近两个小时才到了老家。玉清把我安顿在谢元良家住，天冷，炕上无褥子，就铺些麦草，上面盖一条被子加上军大衣，还算暖和。

我们到家后乡亲们都来了，帮助架设灵堂，在院子里搭棚子，请厨师和吹鼓手，邀人选时辰挖坟地……

安排老人的丧事我还是头一次，不懂得该怎么办，就让小妹刘素秋出面与众人商议，我代表建德及全家送子花圈，让玉清的丈夫徐立田又去做了一个大花圈，代表全村乡亲送的，每人按价分摊五分钱，其他礼物、红包一概免去，既为乡亲们减轻了经济负担，又表示了哀悼之情，大家都同意了我的建议。其他事情就按当地乡俗去办。按当地风俗，婆母必须和我公公合葬。难题出现了，建德的父亲死得早，大约是1936年间，距当时三十五年了，原坟埋在自家的田里，有坟堆做标志，新中国成立后土改重新分了土地，加之后来又搞农田基本建设，坟堆都铲平了，难以辨认原坟址在何处，派人挖了几次均未找到。

后来我们在村里找一些年岁高的老人座谈，请他们共同回忆。其中有一位老人记得最清楚，说村南边地下有棵树，在树的东南方向几米远处，是原来埋刘道响（建德的父亲）的地方。果然这次找准了。于是选好时辰，开土入殡。

村里男女老少都来到灵堂前祭奠，哭声四起。凡是来祭哭的人都发一块白布，女的发白方巾披头，男的发白布条缠腰。出殡入土那天，我和四个儿子都去了，当时有人提出来要儿子为娘的亡灵打幡领路，可是唯一的儿子没有到，怎么办？那就让大孙子顶替，因亚洲已参军，还穿着军装，戴着五角星的帽徽，扛着纸幡不太相称。无奈之中，我提出由亚苏代之，亚苏很听话，接过幡就扛起来走在送葬人群之前。

建德和建德的家人与乡亲们感情很深。建德于1939年参加八路军，乡亲们都知道这件事。宝光寺是个大寨子，抗日战争和解放战争时期，住过日本鬼子和国民党部队。敌人在村里无恶不作，经常抓老百姓逼供，让交代谁是共产党员，谁家是八路军家属。乡亲们守口如瓶，从不走漏半点风声。否则，婆母早就人头落地，哪会有今天的风光。

为了感谢父老乡亲，我办了十六桌宴席，每桌上放一

1960 年的全家福。
左起：陈香梅（妹）、陈于湘、刘亚伟、刘常氏、刘建德、
刘亚苏、刘亚洲

瓶白酒和一包香烟，鱼、肉、蛋十盘大菜，米饭馍馍随便吃，这在当时绝对算丰盛了。在宴前，我讲了几句话，表达了感谢之情，大家动筷后，我仍回到谢元良家，由玉清下碗面条充饥。这次婆母的丧事处理，乡亲们满意，亲戚们满意，建德更满意。

十一

建德参加过大大小小几十次战役战斗：淮海战役时，他担任一八七团三营教导员，一次战斗中，他和营长——"华东一级人民英雄"鲁锐在战壕研究作战计划，敌机轰炸阵地，战壕被炸塌了，把他们都埋了，战士们挖出鲁锐，他已被弹片击中头部牺牲。建德把怀念和仇恨埋进心里，参加了王塘之战，出色完成了阻击邱清泉兵团的任务，八连被授予"英雄八连"荣誉称号。淮海战役烈士纪念馆落成后的一年秋天，他来到了纪念馆，走到鲁锐的照片前，不禁失声痛哭："鲁锐死时身上只有一副扑克，别的什么也没有啊！"

经历了战争考验的人，对生与死多半有着超然的心态，而对品德和名节，从来都是不容玷污的。

他的战友汤怀亮是在国民党军队当了六年兵后投诚的，在他的精心培养下一步步成长，后被提拔为军官，当上司务长。六十年代初经济困难时期，军队搞定量供应。当时，汤怀亮一家七口人、我们一家八口人在部队。有几次，两家的小孩到军人服务社玩耍，售货员下班时便把卖剩下的点心碎渣倒给孩子吃。建德知道后，拉着脸找到汤怀亮，声色俱厉："汤怀亮！你负责军人服务社工作，我是团政委，你我的孩子再饿也不准搞特殊，公家的东西不准任何人占一点便宜，哪怕是一分钱、一粒米。"

建德一生只喜爱三样东西：手表、收音机和剃须刀，而且都是老大、老二送的。

有一年，我们回宿县宝光寺老家省亲寻根，见家乡的小学风雨飘摇，孩子们的就读环境仍然比较差。他心情久久不能平静。当年，由于家里穷，他哥哥不让他念书，让他割草喂驴，他割完草后，偷偷站在私塾窗口听。老师感到这孩子很聪明，不来学习很可惜，告诉他大哥免费让他来学习，他的大哥还是不肯让他上学。那种求之不得的滋味难以名状，如今解放这么多年了，孩子们的学习环境仍然不容乐观，真是说不过去。

摆脱贫苦追求光明，当年的出路是参加队伍闹革命，而今的良策是读书求学长知识。只有读书受教育，才能跳出观念和心灵的桎梏，才能接受现代文明曙光的照耀，更好地闯荡世界建设家园。那一瞬间，建德萌生了捐资给家乡办学的愿望。他之所以有这种想法，宝光寺学校的破败景象是一个原因，还有一个重要原因，就是我们在美国探亲期间，亲眼看到美国环境优美、人们文明礼貌、生活富裕，而这一切，教育功不可没。

十二

建德是副军职离休干部，我是处级离休干部，五个儿子三个从军，两个定居美国，家境虽不豪富，却也并不缺钱花。但为了省钱办学，我们几乎到了吝啬的地步。

我们两人有泡澡的习惯，但为了节约用水，一般都是两人共用一盆水，我先泡，不打肥皂，然后他再泡。

建德不会做饭，有一次保姆病了，凑巧我又不在家，他不得不自己下厨做面条，结果把碱当成盐搁进去，面条变成了糊糊，又舍不得扔掉，自己和小儿子就囫囵吃了！

一个人心中有个高的奋斗目标，在低标准的物质生活中，也能感悟体验人生的甘甜。随着积蓄的增多，我们的喜悦兴奋之情也愈来愈强烈，经常在一起"规划设计"心中的宝光寺小学校，光"工程图纸"就画了数十张，有时还会为一个细节问题"争吵"得不可开交。

就这样勤俭节约一年又一年，我们积攒下了三十多万元。

2001年9月20日，我带着建德的夙愿，把省吃俭用的三十三万元捐给建德家乡宿县褚兰镇，修建宝光寺小学，新建一座教学楼，翻修校门，美化校园环境，竣工后举行了隆重的典礼仪式。经安徽省教育厅批准，学校命名为"建德小学"。当地驻军部队也向学校捐助了电视机、电脑数台，还派人去指导学生们如何使用电脑等。

应当地百姓和师生的强烈要求，2011年10月16日，我请人用花岗岩雕刻上老伴的生平事迹，镶嵌在新教学楼上，作为对青少年进行革命传统教育的永久性教材，鼓舞激励孩子们学习成才，建设家乡。

提高民族素质，关键在教育，出路在教育。我们捐资建学，开明之举，功德之行。唯愿孩子们莫讳寒门，莫畏寒窗，负笈苦读，报我苍生，建我中华。

十三

如今，建德已驾鹤西去，我们从此一别音容两渺茫。我无时无刻不在思念他，英俊慈祥的面容，魂牵梦萦；对我的呵护和教导，历历在目。我和他携手并肩走过了半个世纪的漫漫人生路，风风雨雨，恩恩爱爱。正是有了他，才有了我的幸福人生，才有了儿子们的成器成才，才有这瓜瓞绵绵、儿孙满堂的美满家庭。

世间万般愁苦事，莫如生离死别情。有时回想起我们举案齐眉相濡以沫的生活细节，常常泪沾衣衫。他生于阡陌，少小从戎，建功淮海，树勋陈仓，仁厚方正，赤胆忠心，上不愧党，下不愧民，人民不会忘记，共和国不会忘记。

亲爱的建德，我们永远永远地怀念您，您永远永远活在我们心中。每逢他的祭日和清明时节，他的儿子们都去祭拜他，给墓地献花圈，用酒来祭他的面容。在美国的两个儿子全家回来，也都会去墓地看望拜祭他。

幸福的家庭

◇ 五个儿子，三个军中效力，两个定居美国，两个本科，两个硕士，一个博士。

◇ 长子刘亚洲，1968 年参军，1976 年毕业于武汉大学英语专业，历任班长、排长、创作员、研究员、研究所政委及军区空军政治部副主任、主任，2009 年任中国人民解放军国防大学政委，2012 年晋升空军上将军衔。思想敏锐，见识高远，军人意志和作家情怀融为一体，人称文武将军。

◇ 次子刘亚苏，本科学历，少将军衔。曾任四十七军一三九师四一七团团长，后调总参二部。骁勇彪悍，当兵时手榴弹掷出七十二米，获兰州军区第一名，当团长时参加过对越自卫反击战。当兵是好兵，带兵是好官。

◇ 三子刘亚伟，博士学位，十一岁入西安外国语学校求学，十七岁考入西安外国语学院，二十七岁自费入美国夏威夷大学留学，三十岁考入爱默蕾大学读博士，现在美一所大学任教。

◇ 四子刘亚军，硕士学位，1979 年考入西安交通大学机械设计制造专业，1983 年分配至江苏省苏州市轴承厂任技术员，后调至浙江省机械研究院，1991 年自费入美国乔治亚州学院学经济管理，后自学获电脑工程师职称，现在美苹果公司工作。

◇ 五子刘亚武，硕士学历，1986 年考入空军导弹学院，1990 年毕业后任空军地空导弹兵某营技师，后任指导员、副营长、教导员、团政治处主任，经选拔考入空军指挥学院，两年后硕士毕业返回部队。

一

　　长子刘亚洲，生于 1952 年 10 月 19 日（即农历九月初一），出生在浙江省宁波市，属龙。建德二十九岁和我结婚，当我告诉他有身孕时，他十分高兴，因为他早盼着当爸爸这一天了。计算预产期应在 10 月底，部队规定产妇提前半个月休息，到医院待产。

　　当时二十一军部医院在宁波，六十三师师部在奉化县（现为奉化市）下陈村。建德把我送到长途汽车站，我带着简单的洗漱用品坐公共汽车前往军部医院，被安排和六十三师参谋长魏其相的妻子董黎黎住一个房间，这是我们初次见面。后来建德到六十三师任副政委时，我们两家仅一墙之隔。

　　小董参军前曾出家当过小尼姑，性格孤僻，我们也不怎么聊天。

　　在待产期间，我读了大量文学名著，特别是苏联文学，比如《钢铁是怎样炼成的》《静静的顿河》等。有时还到医院附近一家戏院里去看越剧，我从小就喜欢绍兴戏，看得很开心。

　　这个孩子不甘寂寞，想早点儿到外面世界看一看，竟提前一周左右来到人间。我为这孩子吃尽了苦头，10 月 17 日产前阵痛，进产房后，在产床上苦熬了两个昼夜，直到 19 日凌晨五时才分娩，算寅时，恰好与我同一个时辰出生。由于羊水破得早，对孩子的生命有威胁，医生采取果断措施，用产钳把孩子的头夹住拉出来。孩子头大体胖，重达七斤，在这段时间医院出生的孩子中，数他头最大，体重最重。我虽然受些苦和累，但心中十分高兴。

　　据妇产科主任讲，因羊水破得早，孩子缺氧，全身发紫，但经过抢救，安然无恙。从这孩子来到世间那一天起，我就对他充满信心和希望，他是我精神的寄托，他抚慰着我在政治上所受的打击和创伤。

　　产后两天我有了奶水，护士抱他来让我喂奶时，我抚摸孩子的头，发现头的左侧由于被钳子夹，留下一个大包，我很担心这对孩子今后脑部发育会造成不良影响，一而再，再而三地向医生提出这个问题，医生再三解释这对脑部发育不会有影响。我有点将信将疑，一直等孩子头上的包块慢慢消失了，才把心放下。

　　产后一周要出院了，建德从奉化专程来接我和儿子回部队去，当护士将孩子抱来交给我时，他以极快的速度和敏捷的动作把孩子接过去，这样看看，那样看看，似乎在猜测这儿子究竟像谁。浓眉大眼、高高的鼻梁，最像他了，他心中的喜悦溢于脸上，第一次尝到了当爸爸的滋味。

临走时，护士对我们作了交代，吩咐回去后该怎么办。护士讲："这孩子发育一切正常，就是不爱哭，你们要每天给他洗一次澡，哭会使孩子肺部发达，注意每天提腿打屁股，强制他哭出声音来，这样对孩子脑部发育有好处。"

我频频点头称是，出院后我们一直按护士的吩咐去做，至于什么时候该喂奶，什么时候洗澡，什么时候换尿布等都按我在医院里观察到的来。

我们都沉浸在幸福之中，所以我就没有告诉建德在医院分娩时母子受苦遭罪的情节。据建德回忆，他后来在朝鲜前线才知道这件事，是二十一军卫生处长对他讲的，说："你儿子生下来时，浑身发紫，不会哭，生命很危险，采取了急救措施后才哭出声来。"

初次生养，没有经验，准备也不充分，只是住院前托房东大娘给做几件小衣服、小被子，也没有预请保姆。从军医院回到建德住处（当时他任六十三师后勤部政委），只有他一个人照顾我和孩子，幸好我乳汁很足，够喂孩子，洗尿布等一些杂活都由建德下班后来干，我内心甚为感动，这说明他对我们母子俩内心充满着情和爱。

孩子满月后，逢人一逗就笑，十分听话，大大的眼睛，浓浓的眉毛，白白的皮肤，黑黑的头发，大头大脑，真是惹人喜欢。

离满月还差一天，政治部青年科长通知我去上班，要开全师青年团工作年终总结表彰大会，科长通知我上班写材料，恰好几天前我已雇来一个上海籍保姆照顾孩子，方便我上班。这孩子很乖，大人手头忙时，他总是一个人静静地躺在床上或摇篮里，不哭不闹，还养成定时拉屎拉尿的习惯，从来不把屎尿弄到床上被上，很干净。

满月后不久，他脸上耳旁开始长湿疹，快满百天了，还不见好转，这时部队由奉化转移到上海市郊罗店镇待命。上海籍的保姆有一个亲戚就住在外滩，她抱着孩子带着我去了一趟上海，找到第二军医大学第二附属医院（即现在的长征医院）看皮肤科。医生给开些白颜色的药水，拿回来抹抹就好了。

1963年的全家福。前排左起：刘亚伟、刘亚军、刘亚苏；
后排左起：陈于湘、刘常氏、刘建德、刘亚洲

保姆的表姐很热情，还留我们在她家住了一个晚上，第二天我们就回罗店镇驻地。这孩子就再也没得过什么病，这固然与他抵抗力强有关，也与我身体素质好有关。

当时部队是供给制，一个孩子部队每月发十六元抚养费，雇保姆的费用由部队出，也是十五六元。这个保姆很精干，也很能干，很讲究卫生，把孩子弄得干干净净，家里整理得井井有条，脾气亦很随和，我们相处甚好。

二

因出生前没有给孩子取名，我便琢磨着给孩子取个名字，我想我小时候父母连名字都不愿好好给我取，随口叫成"陈多余"，让我想起来就难受。我的孩子生在新中国，长在红旗下，父母又是这样疼他爱他，一定要取一个好名字。

我想到这个孩子含有许多个第一，是刘家后代的第一个孩子，是我们婚后生的第一个孩子，体重排第一，头大数第一，又生于宁波，就打算取名"刘宁一"，建德感到这个名字还行，但并不特别满意。他提出：我和孩子出院时，亚洲及太平洋区域和平会议已成功召开，就取名叫"亚洲"吧。

亚洲五岁时，入军部幼儿园大班，按建德家族的排辈，他应属"洪"字辈，他爸建议乘入园时改为"洪洲"。他虽然人小，但很有主见，就是不愿意改掉"亚洲"这个名字，谁提跟谁急。我们想孩子不肯改名，何必勉强于他呢，于是作罢。

亚洲是世界五大洲之一，虽大多是发展中国家，但人口众多，面积最广，资源丰富，儿子将来会冲出亚洲，走向世界的。

三

亚洲三岁多时，随部队由上海转移至山东省曲阜市，后辗转至吉林省长春市。

这孩子从小懂事，而且勤快。记得有一次，还未满周岁的亚苏得了小儿麻疹，高烧三十九度以上，全身发烫。据医生讲，出麻疹不能服解热药，一直等到全身疹子都出完，才能降体温。

他整天被烧得迷迷糊糊，我也整天提心吊胆。睡觉时他要我抱着，我亦舍不得放下他，一连几天几夜没有合眼。由于疲劳过度，我一下床头就发晕。

六十三师后勤部军需处处长孙明修的家属，看我一个人带着孩子困难，让我休息一下，来帮我抱亚苏，谁知亚苏哭着不干，让我也没办法脱身。

由她带着亚洲去食堂买饭，亚洲那时才三岁多，连锅台都够不着，买好菜饭，亚洲提回来，吃完饭还要帮我洗碗筷。他用小板凳垫脚，把菜盒、碗筷洗得干干净净。他很懂事，又会疼爱弟弟，一会儿倒水，一会儿拿药，人小主意大，忙得头头是道，亚苏出麻疹的十多天，他是我唯一的帮手。

在未入幼儿园前，我们有时带亚洲出去玩，他的好奇心特别强，看到一些事情就不断地提出问题，有些问题让大人也难以回答，例如，牛为什么要拉车？狗为什么要咬人？有的草为什么会开花？树叶为什么是绿色的呢？

六十三师去抗美援朝时，他爸时任一八七团政委，亚洲随我们去过朝鲜，机关里的同志都喜欢他。他的嘴很甜，遇到解放军都叫叔叔。他常去操场看部队练兵习武，看一些干事参谋闲时在宿舍里玩扑克、下象棋，他回家就让我教他下象棋，让他爸教他下军棋。他从小就爱学习、爱钻研，以后我们与他对弈，常常败在他手下。

亚洲在幼儿园学习很认真，喜爱画画、剪贴做手工（有资料存档案），每个学期老师对他的评语都很好。亚洲升入大班时，亚苏才两岁半，按规定，军部幼儿园只收三岁以上的小孩子，嫌亚苏年龄小不肯收。当时我已调到山西建筑工程专科学校上班，离家不远，五六分钟步行即到学校。刚到山西太原时找不到保姆，我上班孩子在家无人照顾，因他爸从朝鲜归来，正在北京政治学院学习，我便请部队领导出面通融，请幼儿园提前接收孩子入园。组织上很通情达理，说服幼儿园接收亚苏入园。

亚苏小时候很缠人，只认妈妈不认别人，入园后天天哭着要回家找妈妈，整天哭闹不休，晚上睡前都要哭闹一阵子。

亚洲很懂事，一听弟弟哭了，就爬起来走到弟弟的床前哄他睡觉，等着弟弟哭累了睡着了，他才去睡觉。

自亚苏离开家入园后，我单独一人，十分想念孩子，晚上下班后我总去幼儿园看孩子，想晚上把他接回家住。

172

老师说亚苏入园情绪还未稳定，第一周不让接。平常不让看孩子，我总是在晚上八点左右到幼儿园寝室外透过窗户朝里看看，见到亚洲好几个晚上都是这么照顾他弟弟，我心中颇不是滋味，我一边望着一边流着泪，直到亚苏不闹了，他们哥俩都入睡了，我才离开幼儿园回家。

可怜天下父母心呀！

四

亚洲六岁时入太原市育英学校，这所学校专门培养军队干部子女，校舍环境好，师资力量强，历任校长洪兰日、王培选同志都是从二十一军选调去的，亚洲同班同学绝大多数从二十一军幼儿园转来。

亚洲组织能力强，是这些孩子们学习玩耍的带头人，孩子们都很乐意听他指挥。亚洲学习认真，第一个学期就被评为三好学生，当他把奖状递到我手中时，我十分高兴，立即写信给他爸，把这一喜讯告诉他。

亚洲从小就很坚强，每次送幼儿园，许多小朋友缠着父母又哭又闹，但他从来不哭。这个孩子能分析大人的心理，每次进幼儿园大门，他总是催我们赶快离开，他头都不回往里走，以免我们难受，他的影子很快在视线中消失，我们只好走了。

他在育英学校亦是如此，节假日从家返校，或是我去学校看望他时，他从来不掉泪。学校伙食不好，我有时替他请假，领他到学校附近的柳巷，在一家小饭店里点上几个菜，给他改善一下生活，他总是狼吞虎咽地饱餐一顿。

五

建德从北京政治学院毕业后，调二十一军炮团任政委，我们全家随其迁到临汾县（现为临汾市）。

1964年，建德由炮团调任六十三师副政委，我们又搬了一次家。为了使孩子学习不受影响，我们让亚洲一直在育英学校就读。我们住晋南临汾有两年之久，由于临汾距太原较远，亚洲节假日没有办法回家来，只有放寒暑假才能回临汾和家人团聚。

虽然他独自一人在校，却一直惦记着我们，几乎每周都要往家里写一封信，汇报在学校的情况，什么时候戴上红领巾，什么时候当上小队长等，信都不长，但写得有头有尾，事情讲得清楚明了。每次读信，我都想，这孩子的文字表达能力和总结概括能力还是很强的，我们就注意在这方面多培养锻炼他。多年以后，他成为军旅作家，作品语言凝练，思想性、前瞻性强，并且敢讲真话。每次看他的作品，我就想到他小时候写的信，想到他勤学善思的一件件小事。

他小时候不仅会写，而且善画，在信封的背面，他都要画点什么，如骄傲的将军、翱翔的飞机、蓝色的地球仪，我们看后称赞不已。

在一封信中，他十分忧虑地请妈妈帮助解决一个问题：他吃鱼时不慎，鱼刺卡在喉咙里，吞不进，吐不出，应该怎么办？我赶紧回了一封信，让他喝醋。后来再不见他来信提此事，说明问题已解决了。

有一个假期，亚洲回到临汾，我带着他和亚苏去电影院看电影。亚洲把他爸从战场缴获的一个袁大头银圆拿去玩，我也没有在意。他看电影时很投入，忘了手里还攥着银圆，一下掉在地上。剧院的地面有坡度，银圆径直往前滚动，等电影散场再找，已经踪迹不见。他爸留下的唯

——一个纪念品就这样丢了！亚洲很内疚，在剧院里不想走，孩子半年才回来这么一次，而且绝不是有意为之，我没有指责他，安慰他说："没关系，我们已经欣赏过了，让其他小朋友拿回家留着做纪念吧。"

六

一个寒冷的冬天，我们随部队在长春居住。亚洲放寒假，我们原打算一家人一起回建德老家看看，但因亚苏太小，只要出门就会感冒发烧，只好由建德带着亚洲回老家宝光寺去。

亚洲和他爸回来时，长春已下过好几场雪了，银装素裹。

我们住的是团职干部的小单元，室内的窗户是三层玻璃的，虽说玻璃上有不少冰花，但隔着窗户，仍能看清茫茫白雪覆盖的大地，很多小孩都在堆雪人、打雪仗。

突然，我在窗前看到白雪皑皑的大地上，滚动着一个紫红色的大球。我心想，莫非亚洲回来了？因他走时，我到长春市斯大林大街的百货公司给他买了一件紫红色的大衣，领口和袖口都镶嵌着白色的羊毛。我看到这颜色就想肯定是亚洲，心中一喜，马上开门，却不见他进来，我思量按照他的速度也该到家了，是不是跟小朋友打雪仗去了？

原来他归家心切，把门找错了。进了别人的家，一看不是，又往回跑去找他爸，并气喘吁吁地对他爸说："妈妈和弟弟都不见了，别人住进去了。"他爸寻思不可能啊，待知道事情原委后，哈哈大笑。

据他爸回忆，此一趟徐州之旅，亚洲有许多趣事。

他们回徐州老家时乘坐火车硬卧，坐在他们对面的一位旅客吃包子，那位旅客很客气，拿一个包子递给亚洲，亚洲就左一声"叔叔"右一个"谢谢"地叫个不停，那个叔叔直夸他嘴甜。亚洲看到茶几上还留着几个包子，就很礼貌地对那位旅客讲："叔叔，那几个包子你还吃吗？"这位旅客微笑着说："小朋友你还饿吗？你就吃了吧。"

从长春到徐州必须在天津转车，要在天津等候好几个小时，他爸就带他到天津劝业场去逛逛，进商场乘坐像笼子一样的电梯，周围没有玻璃，电梯一上升就乱晃，乘客随时有从铁栏杆之间摔下去的危险。亚洲吓得乱叫，紧紧地抱着他爸的腿。逛完商店出来，亚洲再也不坐那个电梯了，抢在前面往楼梯走，他爸也只好跟着走楼梯。

这次回老家，是亚洲第一次去农村。那时宝光寺村还没有电灯，晚上农家都点着一盏小油灯，光线十分昏暗，亚洲怎么也不肯进屋里去睡，他问："为什么农村不用又亮又方便的电灯呢？"问得大家很尴尬，他见大家神色不对，又补充了一句："用油灯也挺好，不怕电着手。"主动替大人解围。

他父子俩在家停留几天，离开徐州回长春，他爸领他到火车站去买票，想买张软卧父子俩一起坐。售票员说去长春的火车软卧票没有了，建德感到无奈，亚洲很机智地向售票员说："阿姨，我们家在东北，路远天冷，家里只有我妈妈和弟弟，我很想他们，请你给帮个忙吧。"小孩子一席话打动了这个女人的心，很快递出来一张软卧票。

刚生下他时，我还担心他脑子发育会受影响，看来是完全没有必要。

七

1967年"文革"初期，部队奉军委之命调往陕西省支左。我们一起来到了宝鸡市，亚洲转入宝鸡中学念初中，亚苏转入宝鸡西关小学。

"文化大革命"开始，批"三家村"，揪"黑帮"，破"四旧"，"革命无罪，造反有理"的口号响彻大地，学校停课闹革命，老师不能教书，学生无法学习。

亚洲停课在家，协助我搞邮票，去马道巷换邮票，去火车站交换毛主席纪念章，绝大多数时候在家读书，他从部队和学校里借来书，通宵达旦地看，到了如饥似渴的地步，尤其是小说，更引起他浓厚的阅读兴趣。虽然没有上文化课，但读课外书使他增加了不少知识。

中央号召广大青年"经风雨，见世面"，全国红卫兵起来大串联。他亦动了心，想到外地去串联，除了响应领袖号召投入革命行动外，还有一个重要原因，就是想借此机会出去闯荡闯荡，开开眼界。他找了几个同学，就一起走了。出去串联应该是在部队调防之前，我们家还住在榆次。我记得他们还带回一篓香蕉放在地窖里。

　　他独自离家外出这是第一次，而且都是一些孩子，我总是放心不下，让他每到一个地方都给家里来封信。

　　大串联期间，吃、住、行都由各地红卫兵接待站负责。他去北京，赴上海，北上大连，南下广州，足迹踏遍全国各地。毛主席先后八次接见红卫兵，有两次他都在北京。

　　那个时候人们高涨的政治热情几乎冲翻了理智，特别是年轻人，能到天安门让毛主席接见，那就是无以复加的荣耀。

　　曾有文章说，有一个红卫兵，与毛主席握手，兴奋得几天睡不着觉，回去后手舍不得洗，他的老师和同学听说他跟毛主席握过手，都争着抢着跟他握手。

　　我的大儿媳李小林曾和宋任穷的女儿一起，在天安门城楼被毛主席接见，著名的"不要文，要武，改名宋要武"就是那时说小宋的，这张照片至今仍挂在我住处的墙上。

　　广州是亚洲此行串联的最后一站，他写信给我们要钱作回家路费。我立即给邮去二十元。他回来时提着一篓香蕉，说北方没有香蕉，他专程广州带回来一些，让爸妈尝尝。

　　儿子的孝心深深感动了我们，在这动荡不安的日子里，亚洲的心还那么细，一个十四岁的小孩，要带上十来斤重的香蕉走几千里路,也真难为他了。

我们曾以此例来教育他的几个弟弟,应该如何对待老人,我们的五个孩子都很孝敬,对父母很体贴照顾,这是后话。

八

1968 年 3 月,亚洲参军,当时不满十六岁,同时参军的还有六十三师师长孙玉水的儿子孙晓胜,师参谋长魏其相的儿子魏幼军和师后勤部长的儿子杨亚民,四人被分配到一八七团英雄八连,这个连队屡获殊荣,在淮海战役时曾被授予"英雄"称号,1965 年被国防部命名为"英雄八连",是全军的一面旗帜。

连队教育管理非常严格,新战士都要接受连史教育,让他们继承发扬优良传统,保持荣誉,争取更大光荣。

亚洲来到连队当兵前,我们就教育他要做好吃苦的思想准备。在他当兵期间,团部为了锻炼部队,每年冬季都要安排几个月的野营拉练,大西北天寒地冻,战士身穿"四皮"(皮大衣、皮帽、皮大头鞋、皮手套)全副武装夜间行军,每次一走就是近百里，哈气成冰，眉毛都结上短短的冰凌条，战士们编了口头禅："什么苦都不怕，就怕冬季拉练难。"在一次拉练时，他爸陪兰州军区司令员张达志一起去看望部队，张司令员的儿子张学进和亚洲都在八连，张司令看他儿子那样子，眼里含着泪花，而亚洲怕他爸看了心里难受，装出一副很轻松的样子。

他在拉练中表现很好，从不叫苦，从不掉队，道路凹凸不平，冻土易滑，而且他年幼体弱，行军中能不掉队，是很不容易的。

有一次部队拉练到师部所在地，他又冷又累又饿，但他咬着牙，硬是不去找他爸爸。六十三师秘书徐忠勉同志（温州人，1980年转业）发现了，把他拉到小灶上，美餐了一顿，事后徐秘书告诉他爸，他爸听了有点不高兴："这样不利于锻炼他，再说，人家的孩子能受苦，他有什么不能的。"

在人民解放军这个大学校、大熔炉的教育锤炼下，他不断地成长进步，当过副班长、班长，后来被提升为排长。

在他当班长时，孙师长儿子孙晓胜、杨部长儿子杨亚民被推荐去上大学，当时师干部科项干事来征求我的意见，是否让亚洲一起去。

我拒绝了，因为他在基层锻炼得还不够，基础还没有打牢。我对亚洲说："大学里都是优秀人才，你要争取入党提干，等这两个问题解决了，才具备到大学读书的基本条件。"

亚洲听取了我们的意见，工作更加积极认真。"文革"期间的部队，"生产队""工作队"的职能更为突出，亚洲他们连队曾到安康支左，出面制止过武斗，曾在兰州挖过山洞烧过砖，每到一地，亚洲都积极主动地干工作。

亚洲有很强的平民意识和民主作风，没有干部子弟那种高人一等的优越感，那种自以为是的虚妄，始终脚踏实地，以农民儿子和普通工兵的身份接受各种考验。

工作之余，他还跟团宣传干事刘瑞旭同志（后任兰州军区军医高等专科学校政委）学习写新闻报道，工作学习都走在前头。参军后不到三年，亚洲入了党提了干。看到儿子的进步，做父母的心中感到十分自豪。

九

1972 年初，部队推荐他去武汉大学外语系学习，这是他人生道路上的转折点。

"文革"期间，大学学习部队实行军事化管理，班级模仿部队连队编制，他被选为连长。亚洲原本是一个初中学生，到大学学习外语，困难可想而知。为了学好功课，他很刻苦努力。寒暑假回家，他每天总是起得很早去背英语单词。他除用心学习本专业课程外，还对文学创作产生了兴趣。

他父亲的出生地安徽宿县，地处苏豫皖鲁四省交界处，具有光荣的革命传统，民风淳朴，民性雄浑。他父亲的老家宿县褚兰乡宝光寺村，原属苏北徐州，后被划归安徽宿县，距秦末陈胜、吴广起义地大泽乡相距仅数十里。

1970 年，亚洲随我回老家为他奶奶办丧事时，曾到陈胜、吴广起义地调查了解，掌握了第一手资料，酝酿写作了长篇小说《陈胜》。

亚洲没有说过他为什么要写这部小说，但据我分析，有这么几个因素：一个是当时的社会政治背景，毛主席对《水浒传》有明确指示，农民造反起义是备受推崇的革命行动；另一个是大泽乡距他父亲的老家很近，有一种地域上的亲切感；还有一个原因，他的父亲 1939 年扔下砍柴的柴刀，加入八路军的队伍闹革命，翻身求解放，与当年陈胜、吴广揭竿而起有相似之处，都是走投无路的农民反叛挑战既有的政权和秩序。

由于《陈胜》是一部历史题材的长篇小说，需要翔实的史料作基础，他经常跑到武汉大学图书馆找参考资料，并得到了湖北省出版局一位姓于的阿姨的帮助。

他每次寒暑假回家，都提着大包小包的资料。回家期间，总是有一位女同学给他打电话来，我们想知道是不是他的女朋友，但又不便多问。

1974 年我患重病，经诊断为子宫癌早期，去西安第四军医大学附属医院做手术。此时正逢暑假期间，建德带着五个孩子去医院，住在灞桥第二附属医院招待所里。

女同学数次打电话均找不到他，以为发生了什么事，急得不得了。亚洲才告诉我们他与同学李小林谈恋爱的情况。李小林是李先念最小的女儿，被父母视为掌上明珠。

我们觉得两个家庭地位悬殊太大，恐有攀高之嫌，十分为难，劝亚洲要慎重考虑。

他的态度非常明确，非小林不娶，见他态度如此坚决，当父母的自然不便干涉，既然管不了，那就顺其自然吧。亚洲和小林是同班同学，他们互相支持，互相帮助，经过长时间的了解考验，建立了真挚的感情。亚洲写《陈胜》时，由于学校都按时熄灯，小林便打着手电筒，让他写作。

从武汉大学毕业之前，小林还来过宝鸡二十一军军部大院，见过我们全家人。虽然父亲是高级领导干部，但她为人朴实，没有一丝小姐架子，我们非常满意。

✚

1976 年，近四十万字的长篇小说《陈胜》终于出版了，那时亚洲才二十四岁。我多年来一直梦想要写部小说，但一直未能如愿，这个愿望终于在我儿子手中完成了。当我拿到这部小说时，兴奋不已，他代我实现了我的文学梦想，我为儿子感到骄傲和自豪。

同年秋天，亚洲从武汉大学毕业，分配到北京民航局工作，后调军委空军联络部。1979 年亚洲与李小林结为伉俪。生活的美满、爱情的甜蜜激发了他的潜力，步入文学创作的辉煌时期。

他是一位勤奋而有天赋的作家，绝大多数时间都在搞创作，作品越来越多，影响力也越来越大。《恶魔导演的战争》《这就是马尔维纳斯》《攻击攻击再攻击》等军事题材作品，受到广泛好评。报告文学《恶魔导演的战争》被列为军事院校的必修课，小说《两代风流》被改编成电视剧，在全国热播。

1985 年，他被美国斯坦福大学聘为客座教授，并当选为中国文联最年轻的理事，曾代表中国参加过国际笔会。有一次参加在瑞士召开的年会，他以代表团团长的身份在会议上用英语发言，博得国内外同行的好评。

1992 年，他应邀赴台湾访问，成为轰动台湾政界的新闻人物。他还以作家的身份应韩国同行的邀请，为中韩建交作出不懈的努力，向中央首长阐明与韩国建交的好处。为表彰他的突出贡献，1990 年中央军委给他荣记二等功。

1992 年，因工作需要，他从空军联络部调到军委办公厅工作，一段时间后到装甲兵研究所任政委，两年内把所里工作搞得不错，成绩斐然。后调任北京军区空军政治部副主任，三年之后提升为主任，授予少将军衔。

长江后浪推前浪，一代更比一代强。这既是一个家庭教子有方的证明，也是一个国家人才辈出繁荣兴盛的表现。我们为他的进步感到欣慰，也经常提醒他要不忘党和人民的培养，为军队建设鞠躬尽瘁，贡献聪明才智。

亚洲是军门子弟，继承了父辈的许多优良传统，勤俭简朴，脚踏实地，严于律己，宽以待人，他始终认为钱财轻如土，品节重如山，清白抵万金。

1995年9月，他的老连队"英雄八连"被国防部命名三十周年，他没有忘记连队对他的培养教育，从自己的稿费中捐出十五万元，帮助连队建立了连史馆，成立了"英雄八连基金会"，他任主任，高振磷（原八连战士，后转业至甘肃省平凉地区任税务局局长）为副主任，基金会的任务是对每年入伍的新兵进行革命英雄主义教育，对表现突出的战士给予物质奖励，以鼓励教育后来人。

　　湖北省黄安县（现为红安县）是著名的革命老区。从1927年到1949年，该县有十四万优秀儿女为革命献出了宝贵生命。从这里走出了二百二十三名将军，诞生了董必武（国家副主席，曾代行主席之职）和李先念两任共和国主席；开辟了鄂豫皖苏区革命根据地，诞生了红四方面军、红二十五军和红二十八军三支中国工农红军的主力部队。新中国成立后，黄安因此易名为红安。

　　作为李先念的小女婿，亚洲对红安有着特殊的感情。就在这块铁血强悍而又贫瘠苍凉的土地上，1927年11月13日晚，李先念身别土枪，手舞三角纸旗，带领父老乡亲浩浩荡荡向黄安县县城开进，发动了震惊中外的黄麻起义。

　　红安县七里坪镇有个天台山，当年是对敌斗争的先锋地带，天台山人民为中国革命作出了很大贡献。新中国成立后，虽然生活水平有了明显的改善，但由于自然条件差，交通不便，一直没有一所完整的小学，四个村的一百二十多名学生有的中途失学，有的分散在相距数千米的两处破旧校舍里读书，而且是两个年级共用一个教室。1998年，亚洲了解到这一情况，决心帮助老区人民建一所学校，从根本上改善孩子们读书的条件。平时，他过着俭朴的生活，将辛勤笔耕的稿费一笔一笔地攒下来，于 2000 年 7 月将三十万元钱捐献给红安县，在天台山兴建一所规划整齐、设施配套的希望小学。

2001 年 4 月 5 日，学校在天台山落成，老区人民群众多年来梦寐以求的愿望成了现实。落成仪式上，红安县县长林全华在学校教学大楼前代表六十六万老区人民"向人民子弟兵及刘亚洲将军表示诚挚的感谢"！亚洲给学校取名"凌志小学"，他希望红安将军县的后生们以笔为枪写风流，凌云之志笑傲大别深山。

十二

亚洲是个作家，很重感情，特别是深沉浓烈的战友情谊，他与许多战友都保持着联系。有一次出差路过陕西省宝鸡市，这是他离开家门步入军营的地方，他到曾就读的宝鸡中学以及原六十三师师部驻地市委党校去看了看，同时看望了当年和他一起参军的魏幼军。魏幼军"文革"中因其父冤案受到牵连，从部队复员到宝鸡大修厂当工人。

当时一起参军的四人中，孙晓胜曾任一八九团政委，后转业到济南市工作。杨亚民学越南语，支援过越南，现在北京总参三部工作。唯魏幼军处境艰难，企业效益不好，生活甚是清贫。

他专程去魏幼军家探望，谈些别后的情况，感慨万千。魏幼军性格内向，不善言辞，加之心情不佳，不愿多讲话。亚洲体会他的心境，略坐片刻就告辞了，返京后派人送去一台二十九英寸电视机和影碟机。

宝光寺有位老农叫谢元良，对我婆母一家特别关心，大哥死后，家里无人照顾，谢元良常来帮助干些重活，1970年我带四个儿子回老家处理婆母丧事时，就在谢家住宿。谢元良是很有骨气的人，从来不向我们提什么要求。亚洲主动给他寄去两千元钱，解决他儿子的上学问题。

他轻钱财重情义，经常解囊助人，自己生活十分简朴，平时不抽烟，不喝酒，不受宴请，粗茶淡饭。下部队去一般情况下都不用餐，给部队省去许多麻烦。

十三

亚洲是一个有才华、有思想的人，同时也是一个非常有个性的人，军人的韬略和作家的情怀都在他身上彰显出来。他成天穿一双大皮鞋，经常不穿袜子。他讲话简练，敢讲实话，善于从全局上思考和分析问题。给部队和机关同志讲课，场场爆满，当政治部主任，其他部的同志知道他要讲课，都主动跑来听。

他工作敢于创新，作风扎实，有一年总结工作，他不讲成绩，反搞了一个问题展览，而且在总结发言时说，一些领导和机关部门"有多少话可以不讲，有多少会可以不开，有多少饭可以不吃，有多少文可以不发"，个性可见一斑。

近年来，亚洲工作之余仍笔耕不辍，再次进入创作的黄金时代，先后写出《金门战役检讨》《中国空军攻防兼备要论》《对台作战战略评估》《大国策》《"九·一一"事件对世界军事影响》等，逐渐形成了鸟瞰天下、胸有全局、思路明晰、语言简练、文锋锐利、敢讲真话的风格，彰显了卓尔不群的个性和匪夷所思的才华。

他于2001年3月至7月底，被选拔进入国防大学后备干部班学习。2002年1月7日，升任成都军区空军政治委员。命令要求他次日便起程赴蓉。亚洲虽未满五十，但位至副大军区级，是较为年轻的将军。望他不负党和军队培养，不负父母养育之恩，励精图治，策马扬鞭，建功边陲，振我军队声威，耀我刘家门庭。

十四

次子刘亚苏，1956 年 2 月 1 日（阴历 1955 年 12 月 20 日，应属羊）出生于山东省曲阜县（现为曲阜市）。曲阜是二十一军赴朝鲜前线后军部留守处所在地，医院就设在孔庙的大殿里，大殿被隔成若干小房间，其中便有妇产科的病房，亚苏出生在靠东边的房内。

1988 年，我们同亚苏、马欣夫妇及孙女刘小溪重访旧地，此时孔庙已成为名扬世界的文化景观、旅游胜地，与我当年所见天壤之别。三十二年弹指一挥，变化竟是如此巨大。

亚苏出生时仅五斤六两，长得不胖，大眼睛双眼皮，十分讨人喜欢。为纪念《中苏友好同盟互助条约》的签订，故取名亚苏。

十五

自打亚苏出生之后，我们倍加疼爱。亚苏从小就娇惯，很会缠人，除了我之外，谁都不让抱，怎么骗怎么哄都无济于事。一时不见我，就咧开嘴大哭，没完没了，谁都哄不住。

亚苏小时长得很可爱，一双大眼忽闪忽闪的，粗浓的眉毛，很深的双眼皮，具有男儿阳刚之气，虽然特别顽皮，但也很能吃苦，这是他最突出的一点。

我临转业前，带着亚洲、亚苏去朝鲜探亲，他爸当时任一八七团政委，部队驻地鱼隐山，位于上甘岭北侧三八线附近。

亚洲胆子大，常到战地指挥部观察所里去玩，对通信设备、军事地图非常感兴趣，而且还向参谋们提出诸如"阵地是干什么的？""美国人为什么要来这儿打仗？"之类的问题，张发祥当时是作训股长，事后对建德说："你那孩子真厉害，一个小家伙能提这么多问题。"

亚苏太小，还不大会走路，天天缠着我，形影不离。朝鲜的夏天比国内凉快，但中午时分也是很热的。一天中午，我给亚苏洗完澡，把他放在卧室内桌上，去取衣服给他穿，他光着身子，胖墩墩，蛮好玩的。

此时团宣传股长惠彤进来，要给他拍照片，刚要伸手去抱，他却尿了人家一身，弄得我很尴尬，连声向股长道歉。

由于气候炎热，他头上长了几个热疖子（这大概是血缘关系，我小时候在家就爱长热疖子，考师范时头上还长着两个），睡觉翻身时都痛，我抱他去团卫生队看了一下，医生说是化脓了，开刀把脓血放出来即可。

一个热疖子动一小刀，不需要用麻醉药。医生穿着白大褂，手拿一把小手术刀，走到亚苏身边，他还不知道来干什么的，以为是给糖果吃的好事嘞，大眼睛一闪一闪的。

当医生按住他的头部时，他明白了，号啕大哭，奋力反抗，两手乱抓，两足乱蹬。这样怎么下手呢？医生叫来几个护士，按胳膊拽腿，总算完成了手术，亚苏的嗓子都哭哑了。

以后亚苏每天要去卫生队换一次药。团部离卫生队虽不甚远，但要翻过一个小山包，我体质不太好，有时感到力不从心。我便请勤务员抱着他出去玩，顺便换药。这家伙很鬼，每次一过那山包，他就知道要干什么事，立刻号啕大哭不止，嘴里"妈呀，妈呀"不停地喊，我无奈，只好随他一起去，换成他爸都不行。

十六

亚苏小时候有两个特点：一是会哭，二是会吃。这对他以后的成长影响很大，使他具有了魁梧的身材和强壮的体质。他的哭不同于一般，非常认真非常投入，如同打仗一样，尽心尽力从不作假，每次哭都是震天动地荡气回肠，而且能够持续作战，轻易不肯收兵。

刚入幼儿园时，白天想妈妈了，就哭，阿姨怎么哄都哄不好，一直哭到吃饭时刻，但只要炊事员师傅喊"开饭了"，他立即就戛然而止，抹抹眼泪照吃不误，而且吃得很多。等他吃饱后，便又开始哭了。晚上入睡前也要哭一次，但一见他大哥来到他床边，哭声立即停止，很快进入梦乡。

吃了哭，哭了吃，如此反复循环将近两周时间。虽然他爱哭，但幼儿园的阿姨都挺喜欢他，把他的表现作为一种笑料来告诉我。

十七

1957年五六月份，他爸由朝鲜前线归来，在辽宁省安东（现丹东）市集中学习政治经济学三个月，我带着他们兄弟俩去安东。他爸住的宿舍是由一个大房间用隔断分成的，房顶的天花板与隔段的木板还有一段距离，各个小房间都是通着的。

晚间天气闷热，亚苏便哭，声音又高，时间又长，而且调子不变，就像赵本山演的小品一样，光知道一一一，连二都没有，闹得整个宿舍的人都不得安宁。住在一块儿的家属们给我提意见，让我们把孩子管好点儿，我向他们道歉，但内心又想：孩子就这么爱哭，当妈的有什么办法。晚饭我们尽量让他吃饱一点，不至于半夜三更哭着喊肚子饿。

还有一次，单位放电影，我们带着孩子去了。由于影院内人多拥挤，亚苏热得难受，大哭大闹，怎么也哄不好。他哭声很大，引起许多观众的不满，我只好抱他出去，连电影也未看成。

　　亚苏会吃，在几个兄弟中数第一，尤其喜欢吃冰糕。一见到有卖冰糕的地方，他立即不让我们抱，非常积极主动地下地走，走到冰糕摊子前面立着，便再也不挪步了。他也不对我们讲要吃，就是站着不动。买了，立马往嘴里塞，脚下开始挪步；不买，就一丝不动地站着。

在山西省临汾市的影像。
左起：刘亚洲、刘亚伟、刘亚军、陈于湘、刘亚苏

他嗜好吃冰糕不是一天两天了，从很小的时候就开始了，从徐州到太原都是如此。

1966 年 11 月，毛主席第八次接见红卫兵，大约有一百万人，六十三师派部队去带红卫兵，他爸带着部队赴北京，组织红卫兵编成班排连，接受检阅。

亚苏那年十岁，随他爸去了北京，同去的还有师长孙玉水的二儿子孙晓平，政委魏洪武的儿子魏小红，政治部主任的两个儿子朱建新和朱小新，在北京待了两个星期左右。

一位排长带领他们五个小孩参观故宫、天安门等地。11 月的北京，寒风迎面，气温已经比较低了，亚苏在天安门广场感到肚子有些饿了，便一口气吃了二十一支冰糕，结果肚子吃坏了，从第二天便开始拉稀，一连拉了好几天。

亚苏从小就饭量大，长得胖乎乎的，体重超过了同龄的小孩，抱着他走路是件非常费劲的事，体力、毅力、忍耐力，缺哪一样都不行。

1959 年暑假，他爸从北京政治学院放假归来，我们就带着他和亚洲去太原迎泽公园玩。迎泽公园位于太原五一广场东不远处，公园内有人工湖，碧波荡漾，杨柳低垂，风景很秀丽。

我和建德带哥俩去划船，他们玩得很开心，亚洲把一只丝袜脱下来，放到水中玩耍，一不留神袜子被水冲跑了，他干脆把另一只袜子亦弃之湖中，美其名曰："它们本来是一双，拆开多不好！"亚苏满身是水，全身湿漉漉的。

时近中午，哥儿俩玩累了，我们便离船登岸，去太原闹市区柳巷吃中餐，给兄弟俩点了过油肉等山西特色菜，他们吃得很开心。

下午七时左右，我们从晋阳饭店前乘五路公共汽车回军部招待所，到大营盘站时，公共汽车停下来不走了，售票员让乘客都下车，说是前面修路不通车。

从大营盘站到坞城路还有三站，约三公里路。那时不像现在，出租车满街跑，花个几十块钱，想去哪儿就去哪儿。当时偌大的太原，就没有出租车这个行当。没有办法，我们只得步行回家。亚洲虽然只有七岁，却处处有长子的风范，走累了亦不叫苦。亚苏则不行了，缠着我说大腿疼，要我们抱着他走。

他本来就重，块头又大，我抱他走上一段路，就上气不接下气了，便把他放下，让他跟着亚洲一起走，走了几步他就哭着蹲在路上不走了，说是大腿疼。

他爸就抱着他走，走一会儿，胳膊疼了，就背着；走一会儿，腰酸了，便抱着；就这样背一会儿抱一会儿，总算挨到了家。

这趟逛城，哥儿俩玩得高兴，可把我们累坏了。打那以后，亚苏一出门就不想走路，每次的理由都是"大腿疼"，弄得我们哭笑不得。

十八

他们哥儿俩虽说脾气性格有差异，但相貌很接近，长得都特别像他们的爸爸。

1959 年九十月份，我向单位请假去北京探亲，我和孩子住在政治学院招待所。有一天，我带着俩孩子去建德的宿舍，在走廊里遇上建德的几位同学，同学说："你是老刘的家属吧！"我很纳闷儿，从来没跟他们见过面，他们怎么会认识我的？后来他们说："俩孩子长得像爸，一眼就能认出来是老刘家的。"

过了几天，我们带孩子去颐和园玩。他爸拉着亚苏的手，从十七孔桥上向下跑，由于速度快，亚苏跟不上，左手的肱骨脱臼了，他感到有点痛，而后慢慢地红肿起来，手亦抬不起来了。吃过晚饭后，他的手痛得更厉害了，他爸立即带他去三〇一医院外科挂急诊，医生认为要打石膏、扎绷带。但如果打上石膏，左手就不能弯曲了，有诸多不便，这可怎么办？

正在犹豫之际，一位护士悄悄地告诉他爸说："西单有个老中医专治脱臼，你可以去看看。"他爸便雇了一辆三轮车，找到那位老医生。老医生年过七旬，长得慈眉善目，把亚苏拉过来，一边摸着亚苏的左手，一边和风细雨地对亚苏说："小朋友，你的手哪里痛呀？让我摸一摸好不好？"

亚苏自小对医生有警觉，但一看这老医生既没拿手术刀，又没穿白大褂，而且笑眯眯地跟自己聊天，便放心地让他摸。当摸到痛处时，老医生突然一使劲儿，只听"咔嚓"一声，脱臼的关节已经接上了。老医生依然笑眯眯地对亚苏讲："小朋友，还痛吗？"亚苏摇头，动动胳膊，竟能活动自如。

我们特别感谢，交了五元钱治疗费——五元钱在当时可是一个不小的数目，但给孩子减轻了痛苦，我们也就不在乎了。

现在想想，那个时候的医疗从业人员，无论在精神上还是技术水平上，都是不错的。要搁在前些年，恐怕没有这样的好事了，你到医院去，医生护士恐怕不会介绍你到其他地方找其他人医治，抛下开药拿奖金的因素，就是从面子上讲，也会感到过意不去。央视新闻调查曾曝光过郑州一家医院，给一个小孩治阑尾炎，手术没成功，孩子死掉了，而医药费竟有二十多万，打出来的医药费账单有七八米长。

十九

因种种原因，我一直推迟到 1957 年才正式转业，组织安排我到山东省菏泽县（现为菏泽市）政府工作。菏泽地处鲁西南，属沂蒙山老区。生活条件差，我能适应，但我的婆母在徐州居住，身边没人照顾，而且我带着两个孩子，工作也有诸多不便，便申请到江苏省徐州市工作。经组织同意，我们到徐州市安家落户。

　　我们成家已经六七年了，由于收入少，家庭负担重，基本还是两手空空。记得当时我们全部的家当是一只柳条箱，一只皮箱（1954年我父亲从温州买来送我的）和一个被套。到徐州后，买了一个棕床，请刘洪亮的哥哥刘洪毅做了一张桌子和两把椅子。

　　经当地政府协调，我们暂住铜山县政府机关院内。虽是个南屋，但从早到晚见不到阳光，尤其是冬天，凉风嗖嗖的，冷得够呛。婆母从宝光寺迁居徐州后，由于家穷，盖不起房子，当时部队实行供给制，我们也没有经济能力支持她买房子，就从徐州市建国路街道办事处租借了一间房子。由于房子小，我们无法住在一起，但离得不算远，从建国路往北走再右拐，就到三民街十四号我的居住地。

　　建德送我们母子三人到徐州安家后，就马不停蹄回北京政治学院上学。

　　到徐州后，我被安排到昆山纺织厂，当过挡车工和管理员，厂址在徐州市西郊，离住处有四五里路程，每天都是走路上下班，每次要三四十分钟，中间要越过一片田野，才能到达厂房。乡间小道晴天一路灰，雨天一路泥，很是不好走。我去上班，两个孩子都由他奶奶帮着带，每天上班时都要躲着亚苏偷偷地出门，有一次被他发现了，哭着从身后追上来，我硬着心肠加快步伐向前跑，距离远了，他也就不追了。他的哭声远去了，而我心里更加难受了。

打那以后，亚苏总是坐在大门口，望着往西边去的路号啕大哭，一哭就是半天，谁劝都不行，等着我从厂里下班归来。家门口的前边有块砖铺的空地，一些孩子经常在此踢毽子、跳绳。由于有小孩玩耍，商贩们都愿意来此。卖豆腐脑的一般都挑着担子来，放下担子生炉子，把豆腐脑煮得热乎乎的；卖冰糕的用绳子将箱子挂在脖子上，用一块木块拍打着，以吸引人的注意；相比起来，倒是卖糖葫芦的干脆利索，肩扛木棍，上边裹着稻草，插着糖葫芦，想站就站，想走就走。

我婆母心疼孙子，便买冰糕哄他不哭，亚苏一见冰糕便两眼发亮，吃得津津有味，可是一吃完，便又开始哭了。婆母没办法，便再买碗豆腐脑给他喝，或者再买串糖葫芦给他吃。那时一支冰糕、一碗豆腐脑、一串糖葫芦仅二至五分钱，每天要花去一至三角钱打发他，别无他法。

当时她老人家虽然年迈，但身体还很健康，还能烙一手好蛋饼，卷着白糖吃，又香又脆又甜，有时她还从黄河故道附近买些小鱼，用油炸一下，吃着喷香。她总是想着给我和孩子们改善生活，自己苦一点累一点心里也高兴。

二十

徐州地处江苏最北端，冬天很冷，我们家在大炼钢铁时被抬走了取暖炉，亚苏的一双小手冻出一道道裂口，不时有血从裂口处流出来，看了心里很难受。但他从来不喊痛，我当时心说：这孩子虽说调皮好吃爱撒娇，但体质好，意志也是蛮坚强的，以后还真是块当兵的料。

铁炉子被抬走后不久，街道又办起了大食堂。居民一天三餐都要去食堂打饭回家吃。早上给些稀粥，只有一点点米沉在锅底，其余都是汤水，孩子们吃不饱，我就带他兄弟俩到街头买些韭菜煎包吃（用韭菜做馅，包成饺子形，放在平锅上煎黄），一次买上二十个，看着兄弟俩狼吞虎咽的样子，心里有种说不出来的滋味。

据说，在建德的老家安徽省宿县一带，因"浮夸风"饿死了不少人，尤其在困难时期，很多省区市的农村都有饿死人的现象。

亚苏爱哭，不知何时泪水流入耳内，得了中耳炎，发高烧，我抱着他去徐州市第一人民医院看耳鼻喉科，亚洲也跟着，住处和医院之间没有直达的公共汽车，我们每天只好步行往返，走路、挂号、排队候诊要花去半天时间。这段生活挺艰难的，我们母子三人相依为命，共渡难关。

二十一

1958 年夏，建德放暑假，由北京回徐州，为了省钱，他舍不得买卧铺，买了张没有座位的站票，一直站到徐州。这次回家他心情不好。他们学院大炼钢铁，把宿舍的暖气片砸了去炼钢铁。他的同学也是从二十一军来的一位同志提意见："暖气片都砸了，明年冬天取暖咋办？"这本来是句实话，没有一点错，其他同学包括建德本人在内，也都是这样认为的。但院方认为这是阻挠大炼钢铁、破坏革命生产的行为，要批判他。二十一军的学员不干了，纷纷表示要跟着上台陪批陪斗。

那时的政治环境就是这样不正常，搞得人人惶恐不安。

他们经常参加北京十大项建筑劳动，去修十三陵水库，不光体力上付出，精神上也时常受折磨。

回徐州后，见我们住房条件拥挤简陋，生活条件亦很差，他看在眼里，痛在心头，就想方设法把我们搬到山西省太原市。

1958 年 8 月，二十一军已全部从朝鲜战场撤回，进驻太原市南郊坞城路航校内。通过当时的军干部处，将我们安排在军招待所。

院子很大，除招待所外，还驻有通信营、警卫营等军直属分队。当时招待所所长是王玉献同志（离休后进二十一军扬州干休所），与我们住一个楼的有马炳衡、刘建新、胡启桐等同志的家属……我们过去不在一个单位工作，不甚熟悉，虽说没有甚密关系，但都互相理解体谅，相处还很融洽。

建德紧接着到省人事厅为我联系工作，后被安排到山西省建筑工程专科学校教务科工作，单位离招待所不远，为了上班，我把两个孩子都送入军部幼儿园，吃饭在招待所食堂，生活条件改善了不少。

二十二

亚苏性格倔强，顽皮好斗，上树摸鸟蛋，下河捉鱼虾，经常偷偷地跟着亚洲去文化宫学游泳。他喜欢与同龄的小朋友打架，有时打架中吃了亏的小孩来家告状，我总要让亚苏赔礼道歉，好言安慰，劝他们搞好团结，不要发生纠纷。有时挨打的孩子告诉家长，家长便找上门来兴师问罪。

记得六十三师驻在宝鸡党校时，师副参谋长××的爱人Y同志，因其儿子与亚苏打架吃了亏，气呼呼地来到我家门口，张口大骂"狗仗人势，随意欺人"，责问我"管不管"。我心里很不高兴，心想小孩子闹架是常事，今天闹翻了，明天又好了，作为大人为什么要掺和此事，而且在大庭广众下出口伤人？

当时建德任六十三师副政委，首长家属在众目睽睽之下吵架，岂不叫机关干部家属笑话？我鄙夷地看了她一眼，忍了这口气，一把将亚苏拉回家门，狠狠地打了他一个耳光。

他却一改以往的习惯，不再放声大哭，只是默默地流着泪，挺着身子挨打，不反抗，不解释。

手打在儿子身上，痛在母亲心里，见他那副可怜的样子，我的心软了，把他拉过来搂在怀里，用手帕把他的眼泪擦干。

亚苏很长记性，以后再没有发生类似的事情。

二十三

1971 年，他在宝鸡中学读高三。一次，学校组织他们班下乡参加劳动，任命他为排长，十几个同学由他管理，他干劲儿十足，处处带头，劳动时间有半个月左右。

天气炎热，塬上缺水，没有办法洗澡，换下衣服也没有水洗，汗湿的衣服晾干了再穿上。等他劳动结束回到家里，我发现他所有的衣服都爬满了虱子，身上被太阳晒得脱了一层皮，脸也晒得黑黝黝的。

这次下乡劳动，锻炼了他吃苦耐劳的精神，由于表现突出，学校还给予奖励，赠给他一本九大的党章，以资鼓励。

1972 年秋，他从宝鸡中学高中毕业，当年政策允许高中毕业生可以参军或工作。就在这年 11 月，他和军部大院的干部子弟于某、军后勤部纪维海的儿子、党办主任唐尧的儿子，及后勤部副政委薛景云的儿子薛晓峰四人，一起去四十七军当兵。

后来过了一段时间，纪和唐的儿子很快被调回二十一军。当时建德任二十一军副政委，主管干部。司令部出面想把亚苏调回来，我们事先听取亚苏的意见，他却不同意回二十一军，非要在四十七军干下去，他本人不想调回，我们就尊重他的意见，以后再没有提起此事。

他在四十七军当兵时，驻地在陕西省零口的山坳里，分配到四一五团三连炊事班喂猪。我曾去看过他一次，部队住的是自己挖的窑洞（因四十七军刚从湖南调防到陕西不久，还没有建设营房），我问他有什么困难，他说："没有啥，吃苦不怕，就是吃不饱饭。"他一岁多时就能不就任何小菜啃一个二两重的大馒头，现在长成大小伙子了，食量还不得大如牛？

我曾带一些饼干给他充饥，他把饼干压在枕头下边。

猪圈和他住的窑洞很近，在他出去时，那口猪窜进来，把饼干拱出来，吃得一干二净。他气得没办法，饿着肚子指着猪训了半天话，从"三大纪律""八项注意"说到不能随便翻别人的东西，从生活上互相关心体谅说到不准超标准吃喝，我听后暗自发笑：工作都做到猪身上了，看来真是有带兵管人的瘾。

他当过炊事员、副班长、班长，还当过建筑工地的小工，最艰苦的生活是在兰州军区搞军事三项训练，天天在训练场地上摸爬滚打。

付出辛勤的劳动，必有丰收的喜悦。比武时，他投掷手榴弹达七十二米远，获兰州军区第一名，荣立三等功。

他从一三九师四一五团基层连队干起，先后任过排长、连长、营长等职，组织上为了培养他，把他从营长的岗位上送入石家庄高级步校学习两年，达到大专水平。

他原有军事技能基础，有基层带兵经验，通过学习，军事理论上得到了提高，更是如虎添翼，成为一名具有良好军事素质的指挥官。

四十七军在冯塬训练基地举行规模较大的军事演习，哪一次都少不了他及他率领的部队。

二十四

四十七军参谋长马伟志同志，对亚苏的印象不错。在一次兰州军区党委扩大会议上，他与建德谈及儿女婚姻之事，有意联姻，事后还专门来了一趟，意在为他的女儿马欣求婚。

儿女婚姻大事，我们当长辈的也做不了主，建德在一次电话中，对亚苏说了此事，他说："马欣的哥哥马勇我认识，并去过他家，没有见到他妹妹，以后再说吧。"事情就这样搁下了。

1979 年 10 月，我任宝鸡市民政局局长，去西安参加省民政局局长会议，住在西安大厦。报到当晚，马伟志同志和夫人薛作苏专程来西安看望我，这是我们第一次见面，他们邀请我去临潼的家中做客。热情难却，我们在会议休息期间乘坐马派的车去他家玩，并留宿一夜。

第二天他又用车送我们回西安，途经第四军医大学看望马欣。马欣已从四医大毕业，正在该校实习，穿着一身白大褂，戴着大口罩，一身医生的装束，来到我的面前，她叫了一声"阿姨"。

她露在外面的两只眼睛，给我留下的印象很深刻——很大很亮。她身材比较修长。

他们之间经过互相了解，建立了真挚的感情。在我的五个儿媳妇中，唯独二儿媳是先由婆婆去看，而后恋爱结婚的。

亚苏与马欣的婚礼在四十七军军长张德福家举行，而后他俩回到兰州。1982年春节，在兰州军区后勤部九号楼第一单元二楼西我们住处内，腾出一间空房子，没有布置华丽的洞房，没有张贴双喜红字，没有大摆宴席，没有时尚的嫁妆，只是设了一桌便宴，原二十一军军长、后任兰州军区副政委的刘凌及夫人柳春同志，军区副司令员吴华夺及夫人李虹等人参加，简简单单地办了亚苏的婚事。

二十五

1985年9月，四十七军接到赴滇轮战的命令，亚苏由营长擢升为四一七团团长，当时他29岁，当年12月一三九师开赴云南前线。四一七团是守卫那拉山口的主力部队，在实战中他充分发挥了军事才能，发扬了一不怕苦、二不怕死的精神。

北方的战士到南方后很不适应，尤其是酷暑和蚊叮虫咬，防守在猫耳洞里的战士们汗流浃背，没有通风和洗澡的条件，全身溃烂。吃的是压缩饼干和军用罐头，由于缺乏新鲜蔬菜和各种维生素，许多战士溃疡面积越来越大，痛苦难当。

身为团长的亚苏，十分牵挂防守前沿阵地的战士们，他冒着枪林弹雨，行进在羊肠小道上，从这个山头到那个山头，看望每位战士，激发大家必胜的斗志和克服困难的决心。

他所率领的四一七团于 1987 年 1 月 7 日出击作战，攻取敌人阵地。四连担任主攻，指战员们英勇顽强，不怕牺牲。这一仗打得十分残酷，此后该团四连被中央军委授予"英雄四连"的光荣称号。

四一七团的显赫战绩，是战士们浴血奋战的结果，是军、师正确指挥及团领导们共同研究部署的结果，也与亚苏及时把握战机有直接关系。

团里战士一致推荐给团长报请二等功，呼声极高，而亚苏把二等功让给团参谋长董超。

兰州军区去云南前线参战的有二十一军六十一师和四十七军一三九师。1987 年春，整个部队换防，从前线撤回来。

由于一些原因，打了胜仗的团长亚苏，非但没有升职，反而被贬到渭南军分区任超编的副参谋长。他是无辜的。但军人的天职就是服从命令，他又能说什么呢？他内心的痛苦也只有我们当父母的了解。

当他被分配到渭南军分区任超编职务时，陕西省军区司令部还缺编四名处长，个别人为保住自己的乌纱帽，再三权衡利弊，只好忍气吞声，连一句公道话都不敢说。

亚苏是个自尊心很强而且有个性的人，刚直不阿，襟怀坦白，不善于溜须拍马，阿谀奉承，他对是非曲直心里是明白的。

1988 年，部队恢复军衔制度，凡是超编的虚职不能授予军衔。建德通过兰州军区干部部长王永政（后任宁夏军区政委）的关系，把亚苏调任甘肃省军区司令部工程处处长，并授予上校军衔。

二十六

其时，马欣已随其父调入济南军区，而后又调入北京，在空军幸福村干休所当医生。夫妻长期分居终非长久之计，而我们当父母的均已离休，无职无权，想把亚苏调进北京，也是力不从心呀！

在亚洲鼎力相助下，他调入总参情报部管理处工作。1989年6月4日，我们外出疗养，亚苏从兰州来电话告知，调动手续已办妥，即日赴京报到。虽然二部的工作性质并不能发挥他军事指挥的特长，但毕竟全家人能团聚在一起了。

在总参二部工作了一段时间后，组织又派他去南京国际关系学院学了两年外语，这是他第二次取得大专文凭。

虽然学习的外语专业在工作中未能用上，但毕竟增加了一些知识，知识的积累本身就是财富嘛，有朝一日亦会有用武之地。

1996年4月，他由正团级提升为副师级，被授予大校军衔。2001年7月，他分了一套房子，同年12月，被任命为总参二部管理处处长。

亚苏能团结同志，克己让人，工作有魄力，具有大将气度，是个有作为的人。道路是坎坷的，前途是光明的，但愿山重水复疑无路，柳暗花明又一村。

二十七

三子刘亚伟，1960 年 4 月 17 日生于山西省太原市二六四医院，属鼠。

其时，建德仍在北京政治学院学习，无法照顾家庭，亚洲、亚苏入幼儿园。眼看着预产期快要到了，我们雇不上保姆，甚是焦急。经与建德商议，将我家的五妹陈香梅从老家请来，暂且帮忙渡过难关。

五妹从未出过远门，胆子小，不敢单独一人到太原，就让六弟陈可立陪她一起来。下火车后，两个人扛上一个行李包，找个三轮车来到军部招待所。

他俩和我一母所生，上中学的费用都由我来负担，两人刚初中毕业闲着在家，属于非农业户口。弟弟虽然琴棋书画样样擅长，但就业无门，只能逢年过节写些对联在宜山街上卖。

招待所所长王玉献将他俩安排在一间朝北的房子里，我住朝南的进单元门第一间，第二间为胡启桐的家属毛菲零所住。

北边的房子比南边的大，但大半间房子里堆满了杂物，原来是招待所当仓库用的。把里边东西挪一挪，腾出一片地方，搭上床铺，暂由他俩安身。

北房的对门是厨房和水管，走廊的尽头是厕所，因我们都是临时居住的家属，还能向招待所提什么要求呢？

五妹服侍我坐月子，六弟等到周末时去幼儿园接亚洲和亚苏，弟兄俩知道又增加了一个弟弟叫亚伟，都十分高兴。

二十八

1960 年，国家正处于经济困难的时期，各项经济指标失调，日常用品严重缺乏。亚伟这个时候来到人间，真是生不逢时。

刚生下亚伟时，母乳还够用，过了几个月，奶水就不够了。他爸到处想办法给他买奶粉，我亦托送奶员帮我想办法订鲜牛奶。好几天过去了，却未能如愿。

在招待所炊事班一位姓贾的炊事员帮助下，我请送奶员在食堂吃了一顿红烧肉和大米饭，他高兴极了，第二天清早就送了一瓶鲜奶上门来，解决了孩子没牛奶喝的大问题。

当时干部的粮食供应标准是每月二十四斤，原本是南方人，在粮本上还盖有南方的圆戳，可以每月照顾十斤大米，但后来就取消了，改为每月每人白面一斤，其余均是高粱面。我们吃不习惯，那也没有办法。

为了补充营养，我花了十元钱买了一只老母鸡，占用了我当月工资的五分之一（我当时工资是五十四块五毛）。现在想来，这只老母鸡够贵的，而且还太老了。炖了三天三夜，却是炖不烂，无法咬动，只能喝点鸡汤就算了。

我还记得给孩子们买过一次水果糖，剥开糖纸，糖是黑乎乎的，估计是用地瓜做的，竟卖出十元一斤的"天价"，但孩子们都吃得津津有味。

亚伟满两个月后，我带他去了一趟北京，住在政治学院招待所的楼上。一天，他正睡觉，我估计他一时不会醒的，便和他爸下楼去买点东西。谁知我们刚上楼，听见房内哭声大作，我们三步并作两步走，赶快推开房门，只见他把小被子蹬开了，小脚一蹬，头就往上一蹿，头顶在床头的木栏杆上摩擦，磨出一道深深的红沟。我们大吃一惊，幸好头皮还没有磨破，我急忙把他抱起来，去门诊部找医生看看，医生检查后说，孩子小，头骨还软，没有受损伤，很快就会恢复的。他也不哭了，没有异常反应，我们这才放心了。我暗地里想："他这么小的孩子，哪儿来的这么大劲呀！"

二十九

建德于政治学院毕业后，被分配到军炮兵团任政委，驻地是太原市胜利街三号，我在建校工作，离军招待所近，所以没有搬到城里去住。

1961 年夏天，五妹、六弟均是二十出头的人了，为他们的前途着想，我让他们去报考中专。我感到自己没有能力培养他俩上大学，再加上他俩中学毕业已久，未必能考上大学。我对他们讲："你们抓紧时间复习功课，争取考入职中，将来在社会上有个事干就行了。"

他们没有提出异议，复习功课准备考试。六弟被录取到山西省粮食学校会计专业；香梅名落孙山，她十分伤心。我劝她继续帮助我带好亚伟，以后再给她想办法。后来她进入建校当了插班生。

妹妹离开家进了校门，亚伟就没有人管了，我们请他近七十岁的奶奶来暂时帮一下忙。亚伟从小顽皮，他奶奶抱不动他，就把他往腋下一夹，像夹文件包一样，带着出去玩，老少两人常常都是气喘吁吁。在家时，奶奶把他放在床上玩，他经常从床上掉下来，磕得头上到处都是疤痕，吃了不少苦头。

弟弟妹妹出去上学不久，军炮团就移防至山西省临汾市屯里公社，亚洲仍在育英学校上学，亚苏在军部幼儿园入托，我上班时，带亚伟到单位，寄托在校办的托儿所里。后来单位给我分了一套小单元的房子，我从军招待所搬过来，住行方便了，但伙食没有在军招待所好了。甘蔗没有两头甜，将就一点吧。

那时物质极度匮乏，各地都是如此，谈不上谁能帮助谁了。他爸从临汾捎来一小袋南瓜和胡萝卜，学校里的老师们看见了都十分羡慕。其实我最不爱吃胡萝卜，可是那时候吃起来比苹果的滋味还好。真是饱时肉也嫌，饥时糠也甜呀！亚伟就是靠吃五谷杂粮长大的。

亚伟从小聪明过人，智商很高，但很顽皮，经常和小朋友打架，每次打架，回到家后都要挨我的打。他很知道"好汉不吃眼前亏"的道理，我还未靠近他，他就大哭大叫地跑掉了。

三十

1964年暑假，亚洲回到家里，与弟弟们玩得很痛快，谁也没有预料到，一件意外的事故发生了。亚洲用竹条做成弓箭，模仿古代将士射箭，误中亚伟左眼，血流如注。

我得知此事，急忙从单位回来，看见亚伟那个样子，吓得直哭，当时脑子里一片空白，不知如何是好。

建德闻讯从屯里营区赶回城里，派人去临汾市医院联系能否做眼睛的手术。市医院派人来，对他的左眼做些消

1971年在陕西省宝鸡市的全家福。

左起：刘亚苏、刘亚伟 、刘建德、刘亚军、刘亚武、陈于湘、刘亚洲

毒和包扎，并说："我们医院无条件做这样的眼科手术，要送到太原医学院才能治疗。"我们商议决定当晚送他去太原市。当时建校停办，五妹香梅在临汾帮我照顾亚伟。因亚军太小，仍在喂奶，我不能陪亚伟去，只好由香梅带着亚伟乘晚上的火车赴太原。下火车后，由军招待所所长王玉献派汽车送到太原医学院第一附属医院动手术。五妹孤身一人，带着一个不懂事的孩子，到一个人生地不熟的医院，肯定是困难重重。后来据五妹讲，一路遇到许多难处，急得直想哭，真是难为她了。

手术还比较及时，亚伟的左眼球算是保住了，外观并没有多大的影响，但伤后的疤痕形成外伤性白内障，影响了视力，左眼的视力仅有零点二，造成终生残疾。

亚洲因误伤了弟弟的眼睛，害怕得当晚都不敢回家来。他爸和可立舅到处找他，劝他回家。他是无意的，我们没有责怪他。

这件事铸成亚洲的终生遗憾，总感到对不起亚伟。所以后来的日子里，只要亚伟有困难，他总是给予无私的援助，如亚伟进入美国夏威夷大学学习深造，并获得了奖学金，便是亚洲帮助的结果。他每次回国，亚洲都提供费用，借此来消解内心的悔恨。

三十一

1971 年夏季，建德从六十三师政委升任二十一军副政委，我家从宝鸡市党校迁入军部驻地——二康医院，亚伟由西关小学转入群众路小学，与军部大院仅一墙之隔，上学挺方便。

他小学毕业之际，正值西安外国语学校招生。省里为了照顾军部领导子女入学，给了四个名额。当时军部报名的有副军长孙玉水的小女孙晓明，刘正昌副军长的儿子刘伟宏，杨益三参谋长的女儿杨薇薇，我将亚伟的名也报上了。

当时考虑到他视力差，不能到部队当兵，让他学习一门外语专长，日后会有用处的。外国语学校开学前，通知报名的学生到校面试，那三位家长感到孩子太小，去西安上学太远，结果都放弃了。唯有我的决心没有动摇，我想孩子不能总由父母庇护着，他终究要自己闯荡世界，早一点自立未尝不是一件好事。

实践证明，我的这条路选择对了。父母关心孩子，除了让他吃饱穿暖、教他立身做人外，还要在关键时候帮助孩子抉择人生道路。从某种意义上说，后者比前者更为重要。

第二天我就启程去西安，带他去报到。暂住省委党校二十一军支左办公室招待所。听说去学校报名后还要面试，而且外语的种类很多，除英语外还有俄语、越南语、拉丁语等。我想学习英语将来用途比较广泛，便决定为他报英语专业。

当年，我在平阳师范上学时，曾跟美国教会一位盲人学过英语。为了应试，连夜教亚伟熟记二十六个字母，他肯学会记，到校应试，如愿以偿，顺利进入英语班学习，我感到很高兴。

亚伟入校时刚满十一岁，要读五年达到高中程度，学校每月仅收学生十元伙食费，但伙食比较差，亚伟有时甚至吃不饱饭。

家里生活条件好，让孩子到异地去上学，又照顾不上，心里时常挂念。我和他爸有时去西安开会，就带他出来到饭店吃顿饭，改善一下他的生活。有熟人去西安，总要捎点糖果、奶粉之类的东西给他。学校对学生要求极其严格，平时不准学生外出吃饭，家长带来的食品，如被老师看到要没收。亚伟放在宿舍里的糖果，就曾被老师收走过。

我从内心总是有点偏爱他，一则，他眼睛受伤，我创伤难抚，时感内疚；二则，他生不逢时，正逢国家经济困难时期，幼时营养不佳，十一岁时又远离父母，去西安上学，我们照顾不到他，吃苦甚多。每逢寒暑假回家，大姐刘洪霞总是尽量弄些好饭菜给他改善生活，而他每次离家返校时，总是伤心落泪不想走，我们心里也很难受。

三十二

我原六十三师好友梁玉娥同志住四医大宿舍，离亚伟学校（西安北门十号）不远，逢到节假日，他可以去老梁家改善一下生活。另外，五妹香梅住在陕西省委党校，他也可以到姨家吃顿好饭。

他五姨在临汾无工作可干，经我所在单位建校推荐，考入晋南财经训练班学习半年会计，毕业后分配到临汾县

（现为临汾市）医药公司当会计。后经军炮团作训股长的家属介绍，与广东籍军官陈景山同志认识，经了解后相互恋爱，结为夫妻。

二十一军调入陕西支左时，陈景山随军炮团驻入西安公路学院，她随陈景山迁入西安。

二十一军移防宝鸡后，陈景山调到军部下马营农场当会计，她又随调宝鸡市，住军部大院，在市标准件厂财务科当会计。

1980年10月10日下班时，她骑自行车上街时与大型拖拉机相撞，被拖拉机压在车轮下，头部受重创，不幸身亡。香梅是我们十二个兄弟姐妹中最先离世的。留下一男一女，实为可怜。人生之苦，莫过于幼年丧母也。

自他姨离开西安后，亚伟大部分节假日都去梁玉娥家改善生活。老梁是山东荣成人，性格爽直，待人热情，对亚伟很好。她对我的帮助，有两件事令我印象很深：第一件是我在象山半岛怀第一胎孩子时，老梁每天做海鲜给我吃，吃得孩子又胖又聪明；第二件是我于1974年在西安四医大第二附属医院动大手术时，有将近半年的时间在医院治疗和休养，都是老梁派她的侄女小良来照顾我。这两件事令我难以忘怀，铭记心头。

后来我们调到兰州后就失去了联系，竟连她辞世也不知道，没能见到她最后一面，我感到终生遗憾！

三十三

1977年，国家恢复高考制度，当时亚伟离外国语学校毕业还差半个学期，他决心提前一年参加考试，便加紧复习功课。这时他患了肺结核病，我们焦急万分，到处给他找药，终于搞到一些进口药捎给他。由于西安与宝鸡相去甚远，我们便托二十一军小寨干休所医务所所长刘仲川同志，帮助亚伟找医生治疗。由于治疗及时对路，他很快恢复了健康，如期参加考试并取得了优异成绩。

本以为他会顺理成章地跨入高等学府，孰料节外生枝。在录取亚伟的过程中，校方因他眼睛问题，不予录取。我们得此消息后，心急如焚。考不上也就罢了，现在考上了，而且成绩相当不错，却上不成，真是急死人！

我连夜乘车赶往西安，进入西安城时，天刚刚发亮。我和司机小于在西门路边的小餐馆随便用点早餐，然后按建德的吩咐，先去找省委外事办的鲁曼主任。鲁曼的妻子骆建白，在山东曲阜妇干三队时当过我的助手，关系不错。如请他们出面，或许亚伟录取之事会有转机。

小车直奔省委八号院，凑巧鲁曼不在家，骆建白同志热情地接待了我，她听我讲了原委后，就和我一起去省招办，想找负责人谈谈亚伟录取问题。

是时虽为"文革"尾期，但工人阶级仍占领高等学府的阵地，既然这样，只有找工宣队了。接待我们的是工宣队负责人，身穿一套劳动布工作服，脚穿一双解放鞋，头戴没有帽徽的军帽，这是"文革"时最时尚的穿着。他满脸微笑，一看就是个朴实、热情的人。

我单刀直入地谈了亚伟不被录取的原委："他四岁时左眼受外伤，到现在已有十三年之久，但右眼的视力仍然保持在一点五以上。而医院体检科一位医生妄加评语，认为左眼视力差，会导致右眼视力下降。由于医生诊断推测逻辑的错误，使一个成绩优异的学生被拒之于高等院校的门外，我作为家长是无法接受的，望省招办体察我们的心情，认真考虑。"

省招办负责人听完我的介绍后，急忙去找亚伟的学生档案，翻了好几个柜子都找不到。

他好像突然想起了什么，向另一个柜子走去。

这个柜子十分破烂，螺丝已经掉了，柜门关不上，露出一大堆破烂的纸堆。他把一大堆东西推来搡去了好久，总算把亚伟的档案材料找了出来。一个跟随人一生、标志人一生的档案，就这样被扔在破旧物堆里！我心里很震惊。

省招办负责人没有向我解释什么，忙着打开档案袋，找出体检表，眼科一栏内医生诊断的结论和我叙述的一样。

他看完档案后转过头来，解释说："招生工作已接近尾声，不录取的学生档案就弃之不用了，所以随便丢在那里，幸好你来早几天，否则我们就烧掉了。"

我听了他的解释后，几乎惊出一身汗，好险啊！

这名同志挺负责，一边整理档案，一边对我说："既然这样，那你就带儿子去找另一家医院再检查一下眼睛，看看其他医院的诊断如何，然后我们再考虑录取问题。"

我高兴极了，从提包里取出一张体检表，这是刘仲川所长带亚伟去西安医学院第一附属医院的检查结论，眼科一栏内清楚地写着右眼视力正常，且不会受左眼影响。

负责人看了一下亚伟的体检表，面露难色，迟疑一下，答复说："让我们研究研究吧。"

我和骆建白同志离开省招办，请她回去给鲁曼主任汇报一下，做做西安外国语学院崔书记的工作。

没有等候几天，亚伟接到了录取通知书，我们心里的一块石头终于落地了。

这件事的成功，除了要感谢鲁曼夫妇热情帮助外，还要感谢省招办收发室的一位女同志，她是二十一军的家属，认识二十一军管理处长詹克健的夫人易笑春，后来是易笑春转告我详情的。

三十四

1981 年秋季，亚伟毕业于西安外国语学院，被分到陕西省出版社工作。他写过一部小说，但没有公开发表；曾翻译《血缘》等近十部外国小说，颇有成绩。1985 年春节与同学戚建平在兰州结婚。我们在家办了两桌家宴，原兰州军区副司令员杜绍三夫妇、原在二十一军后勤部工作的孙长兴、白全生等参加。

1986 年 8 月 2 日，他俩得一女，取名刘潺潺，名字是从亚苏的女儿——我的大孙女刘小溪名字引申出来的：小溪流水潺潺。

亚伟于 1987 年 8 月赴美国夏威夷大学攻读硕士。1988 年 6 月，戚建平以探亲的名义赴美国，亦进入夏威夷大学读研究生。他夫妇俩出国读书，而潺潺当时不到两岁；带在身边多有不便。我们义不容辞地担负起了抚养和照顾孙女的义务。

潺潺比小溪姐姐小三岁，但她们在一起玩得很好，小溪亦很爱她妹妹。白天溪溪上幼儿园，晚上到兰州军区战斗歌舞团学跳舞，潺潺总是跟随小溪去学跳舞。两个孙女在家里，大部分生活由大姐照顾，还雇了一个小保姆叫李小霞，是甘肃省临洮人，为人勤快实在。晚上带潺潺睡觉，白天带她去玩，关系很亲密。有一次在喂饭时，潺潺到处乱跑，一头撞在墙角上，血流满面。时值正午，医生多半回家，门诊部值班医生在找不到人做麻醉的情况下，硬是给她的伤口缝了四针。

当时我和建德吓坏了，潺潺却很坚强勇敢，没有哭一声。由于值班医生缝针的技术有限，她额头上留下了一个疤痕，我们自感未能尽责，内疚不已。

1990 年 5 月，亚伟和建平认为条件改善了，生存压力也小了许多，便邀请我带孙女去美国。等出国手续办妥，带着孙女抵达夏威夷时，亚伟已进入美国亚特兰大一所大学攻读博士学位，他从美国大陆赶到夏威夷的机场接我们。我和亚伟一家团聚于夏威夷，并参加了建平硕士学位的结业典礼。

半个月后，我们分批飞往亚特兰大市，亚伟租了一套两室一厅的房子，并买了些旧家具，总算是有了一个家。

建平能勤俭治家，把家庭生活安排得井井有条。他们去上班后，我就在家带潺潺，还帮助他们整理家务，干些杂活。

在美国期间，亚伟开车带全家人去过一次华盛顿，当时大儿媳李小林在中国驻美大使馆工作，我们去看望了她，她请我们吃了一顿饭。有一次李小林出差到亚特兰大，在机场等候航班，她打电话给亚伟，让去接她来家里看我们。正遇吃晚餐，她见我们随便喝点稀饭、吃点小菜，深感亚伟生活窘困，给我寄来一千美元，资助我买些东西。

双休日，亚伟就开车带我出去玩，到各大城市去转转。

我感到美国人民生活很富有，环境很优美，人的素质也比较高，懂文明，讲礼貌。五十年代，我和建德参加抗美援朝，在朝鲜前线与美军作战，对美国人恨之入骨；四十年后，我踏上美国的土地，而且两个儿子都定居美国，真是沧海桑田，世事难料啊。

亚伟给他爸办手续出国探亲，所有证明都办妥了，只等总政批准。军职干部出国本来就控制严格，加之又值六四风波之后，拖了很长时间。我为了等建德的批准书，又补办了半年的签证手续。直到 1990 年下半年，他爸的手续仍没有办下来，在无望的情况下，我于 1991 年春节前回国，飞抵首都国际机场。他爸专程从兰州到北京接我，亚洲安排我们住在王府井台湾饭店，在北京待了几天，我们就一起回了兰州。

三十五

亚伟为人诚实，待人厚道，别人托付的事，只要有能力办，便会竭尽全力而为之。自己力有不逮的，也会主动想办法，从不计个人得失与报酬，所以他结交了不少朋友。

但由于心地善良，没有防人之心，往往被一些心术不正的人钻空子，容易上当受骗。

他性格刚直，不会阿谀奉承、投其所好，也没有太多的交际手腕，外观给人感觉是冷冷的，实际上他内心燃着一团火，燃烧自己，照亮别人。对四弟亚军出国留学之事，他到处帮助联系。1990 年我在美国时，在一个很热的中午，他开车带我去亚军要上学的学院，让我看看校舍环境。亚军要考托福，他从美国给他寄美元。亚军对亚伟也非常尊重和信任，曾多次和我谈起三哥对他的帮助。在异地他乡，兄弟俩手足情深、和衷共济，我们也放心了许多。

亚伟对我们很有孝心，但有时力不从心，刚开始在美国学习，生活挺艰难，后来夫妇俩都找到了工作，经济条件稍微宽裕了一些，在他爸过生日时，还想着寄上一二百美元来，聊表孝心。

1994 年圣诞节前夕，我陪着他爸又去了一趟美国。

三十六

四子刘亚军，1962 年 8 月 7 日出生于山西省临汾市，属虎。

1961 年冬，我随他爸搬到临汾市。当时上级有政策，部队可吸收一些家属工作，我被暂时安排在团管理股当文书，顺便负责食堂饭票出售工作，工资按地方干部的标准发放。这是自转业地方工作后，我第二次返回部队上班。

亚军这个名字是我取的，有这么几层意思，第一是他出生于 8 月 7 日，离八一建军节不远；第二是我曾参过军，而且他父亲是名职业军人；第三是我当时工作单位在部队，是名干部，但又不是军人，仅次于军人——亚军，再恰当不过的名字了。

亚军出生时，他爸正在炮团三营蹲点，8 月 6 日的晚上，我感到了分娩前的阵痛。当时，天完全黑下来了，我不敢待在家里，去找干部股干事何伟根同志，他亲自送我去临汾市人民医院。这个孩子像是不愿过早地见到这个大千世界，折腾了我整整一夜未能入睡，凌晨寅时左右才呱呱坠地。

238

听着洪亮的哭声，我知道又是一个男孩，不禁大失所望。我们已经有三个男孩了，非常盼望生一个女孩，可是生男生女不以人的意志为转移，顺其自然吧。第三天我们母子俩平安出院。

亚军小的时候，很乖，不吵也不闹，吃饱了就躺在软躺椅上，东张西望，似乎很理解大人的心情，非常讨人喜欢。

当时驻地屯里公社条件比较艰苦，订不到鲜牛奶。亚伟小时候营养不好，使我心中非常难受。到亚军了，我不忍心让他受饥饿，哪怕父母多付出一些，也要把孩子抚养好。

在我们营房后边，有家村民养有一只奶羊，我得知这个消息后，赶紧请公务员去联系。村民每天给我送一瓶羊奶喂孩子。亚军从小就长得眉清目秀，皮肤白皙细腻，与喝羊奶有很大关系。

三十七

在屯里的营房内，有个单独的大院子，是团领导的住处。建德是团政委，东侧邻居是团长冯宝山，其夫人叫陈令霏，也是浙江人，她当时有四个孩子，双男双女，属于花胎。我很羡慕她。

当时她家雇有一个保姆，非常能干，把孩子照顾得非常好。后来冯团长调任军部侦察处处长，陈令霏随迁军部驻地太原市，她的保姆不愿跟她走，留下来帮助我带亚军一段时间，暂时解决了我的困难。

我住处的西侧还有一栋平房，由东向西依次住着副团长李长友、参谋长郑杰、副政委沙步岭和副参谋长李言古。李副团长离我家最近，其夫人张苏咏是浙江东阳人，生有两个女儿，李的母亲一直住在她家，帮忙料理家务。

亚军没有保姆照顾时，便让李奶奶帮忙看一看。老太太看中了亚军，说亚军非常听话，很是乖巧，历数了许多好处，她对我说："你们家男孩太多了，我们家儿媳妇没有儿子，干脆把亚军送给我们当孙子吧。"

这些都是闲谈中的话语，我们都没有当作一回事，但李奶奶确实有此意，老人想有个孙子，心情可以理解，但亚军毕竟是自己的亲骨肉，怎么能随便送人呢？

这个保姆，我不甚了解，据说她家里有丈夫有孩子，一家人长期分居。有一次保姆对我讲，她想请假回家一趟。

我问她是不是家里发生了什么事。她面带忧虑："家里倒没有什么大事，就是想回去看一看，安排一下我就回来。"

当时亚军还小，离不开人呀！但我又一想，思念丈夫、挂念孩子也是人之常情，我总不能光顾自己，不管他人，我和他爸商量后，同意她回家一趟。我让保姆自己收拾东西，发了她一个月工资，给了她由临汾至南京的火车往返路费。

这个保姆和我们关系不错，当她走时，我一直送她到营房大门口，想到她走后我自己带孩子的困难，不禁潸然泪下。

当我回到家时，看到保姆屋里的东西，凡有用的都带走了，留下的都是一些破烂。心里一惊，难道她不打算回来了吗？果不其然，她从此一去不复返。她当时户口还在临汾，尽管我有些不快，但考虑到没有户口的诸多不便，于是帮她把户口迁回了老家，了却她的心愿。

当时组织上又有了新的政策，凡是在部队工作的干部家属都要转入地方工作。干部股派人联系，我被安排在晋南专署物资局工作，我搬到城里生产留守基地居住。

基地房子都是平房，室内是泥巴地，凹凸不平，周围的土墙破烂不堪，塌下去的土墙缺口很大，随处都可以踩着土块进入院内，工人们为了上班方便，都从此处抄近道进入。

自保姆走后，孩子一时无人带，婆母也来过临汾住上一段时间，她已经是七旬以上的老人，想帮助我们带孩子，但力不从心。

有人给我介绍了一位上海籍保姆，五十岁左右，随丈夫支援内地建设，由上海来临汾落户。上海人很讲生活质量，她亦不例外。要求每天至少吃一顿大米饭，无偿提供一包上海产的牡丹牌香烟，每月给二十元工资。这些要求在当时算相当高的了。

我有些动摇，但为照顾孩子和老人，也就咬咬牙把她雇下来。婆母死活看不上这个上海保姆，认为她嘴刁且馋，尽拣好东西吃。

婆母离队回徐州前，对我讲了刘洪霞的一些情况，说如果我同意，就让她到我家来帮忙。她也听到一些人讲李长友的母亲有心要亚军当孙子的事，一再嘱咐我不管有多大困难，也要挺过去，千千万万不能将孩子送给别人。其实人家说的是玩笑话，婆母倒很认真。也难怪，她和建德一样，都是方方正正实实在在的人。

三十八

1964 年初，刘洪霞扛个装着被褥的大包，来到了临汾。她时年三十七岁，她的娘家住宝光寺，和建德家是东房挨西房的邻居，按辈分她叫我们为"叔""婶"。她比我大三岁，叫我"婶"，双方都觉得不合适，我说，不按什么辈分了，我叫你大姐，你叫我名字吧。

关于辈分，也是一件很有趣的事。建德比刘洪霞大不了多少，为什么会长她一辈呢？这还是家穷的缘故。一个家庭几辈人都穷，找媳妇就困难，结婚的年龄就大，生孩子就晚，如此积累几代，辈分自然比别人高了，所谓"穷大辈"，正是如此。有些地方，特别是农村，把辈分看得很重，长辈是万万不能得罪的。

刘洪霞曾有过两个孩子，在她丈夫去世后的两年内先后夭折了。她是二房，丈夫的前妻留下一个女儿名叫唐上云，女婿在赤峰矿区当工人，对她不孝顺，因此她很是凄苦。

六十年代困难时期，她得了浮肿病，从内蒙古女婿处回到老家，她婆母想着法子给她补充营养，身体略有好转，接着她婆母去世，她不便在唐家待下去，于是来到了临汾我们家帮忙。

她自来到我家后，就再也没有离开过，一晃将近四十年，她操持家务，抚养孩子，功不可没，七十有五身体尚健，我要赡养她一生，就送她到徐州养老院，每月付费五百元。

三十九

1964 年，建德调任六十三师副政委，全家搬迁到山西省榆次市（现为榆次区）。记得有一次，亚军喝葡萄酒，觉得很甜，就喝得多了一些，结果醉了，满脸通红。我就让大姐带他去睡觉，他一觉醒来竟然发起烧来，后来医生诊断为猩红热，这与喝醉酒没有关系，是左手指割破感染之故。

1967 年，部队到陕西宝鸡支左，我们随迁，住在宝鸡市西关党校。

亚军小时候怕上幼儿园。师部幼儿园设在党校西边灯头厂内，每次送他去，他总是哭闹着不肯去；隔壁的副师长魏新民的小女魏英也害怕上幼儿园，每到送幼儿园时，两个孩子使劲哭，男女声二重唱，煞是热闹。为此，建德还专门找了两个战士把亚军抬到幼儿园。亚军一路又哭又闹，但还是拗不过两个战士。

亚军是全托，晚上不回家。有天晚上下雨，淅淅沥沥下个不停，亚军哭着对幼儿园阿姨说他"听到雨声就想回家了"。事后阿姨告诉我们，大姐在一旁听后哭了。一个周一的早晨，大姐送亚军去幼儿园，却怎么也找不到他了，魏英也不见了。原来，亚军跑到党校的后门外藏起来了，魏英爬到床底下躲起来，两个孩子都找不到，自然没办法送了。大姐找了一大圈，把亚军找回来了，这时魏英也从床底下爬出来，两个家伙配合得很是默契。

打那以后，大姐说什么也不让他去幼儿园了。魏英骑着儿童三轮车，带着亚军在院子里四处疯跑，玩得热火朝天。

1971 年初，建德由六十三师调任二十一军副政委，我们家从平凉搬到宝鸡军部大院。

亚军不愿上幼儿园，但却缠着要上学，六岁时就进入宝鸡市西关小学读书，他爸调到军部后转学至群众路小学，毕业后考入龙泉中学，学习成绩还可以，就是数学差些。每次考完试，都不敢和我们说数学成绩，都由他三哥亚伟转告。他学习还是很努力的，自觉性很强，不需要大人督促。

他从小喜爱画画，我们请军文化科梁干事辅导他画画。梁干事毕业于陕西省美术学院，特招入伍，布置俱乐部、安排展览都由他来设计。亚军在他的悉心教授下，进步很快。

由于酷爱篮球和其他运动，亚军不知什么时候扭伤了腰，他自己都不知道。我找盲人医师来家里给我按摩时，顺便也给亚军按了一下，按摩师说他有过度运动引起的腰肌劳损和半月板损伤。请中医针灸，并且开了不少药，但效果甚微。我去学校跟老师商量，反正上学早了，建议让亚军休息半年，专治腰痛，学校批准了，他就休息在家，一边自学，一边学画画。

有一次军部举办画展，亚军有一幅画被选中，梁干事帮助简单装裱了一下，拿去参加宝鸡市业余画展，得到大家的好评，被评为三等奖，我们全家都为亚军高兴。

他休学半年后，继续插班上学，因要赶半年的课程，学习比较艰苦。我们对亚军在校交朋友有严格的要求：一是学习成绩不好、经常逃学者不交；二是不尊重老师和违反校规者不交；三是与社会上不三不四的人来往者不交。

他为人实在，心地善良，性格内向，不爱多说话，但能团结同学，从小学一直到高中，没有和人打过架、吵过嘴，经常被评为三好学生，念高中时加入了共青团。

军部大院里有他同班的三个同学，关系处得很好，常有来往。一个是干部处处长章解忠的儿子章羽杨，一个是文化处处长吴克文的儿子吴迎凯，一个是苏宜锦的儿子苏并列。四人关系密切，形影不离。

班主任注意到此事，决定调换班级，将他们四人分开。为此，他们不愿意，还大哭了一场。章羽杨的母亲颜兰琴为此事专门找过学校。颜说，四个同学学习上互相帮助，生活中互相关照，不是搞什么帮派活动，更没有与社会坏分子牵连，他们的同学友情是健康的，没有必要分开。校方听后觉得有理，以后再没有给他们分班。他们同班共读，互帮互学，一直到高中毕业，分别考上了大学。

四十

1979 年夏季，亚军加紧复习功课，准备考大学。我们当父母的内心感到高兴，但愿他能达到自己奋斗的目标。他三个哥哥都是大学生，对他也是一种无形的压力。

从这年起，国家规定院校高考的时间为每年的 7 月 7 日至 9 日三天。为什么放在这三天，不得而知，但不是很合理，因为这三天天气炎热，影响考生正常发挥。听说这个时间要调整，吵嚷了好多年总算有了结果，从 2003 年开始，高考时间改为每年的六月份。每年看到电视上报道高考的情况，看莘莘学子走入考场接受知识能力的检阅，门外家长们忐忑不安翘首以盼，那种场面真是感人。国家要发展，民族要进步，不能没有人才。古人亦这么看。有一年，开科考试，唐太宗李世民见天下士子云集长安，踊跃应试，非常高兴，大笑道："天下英雄，入吾彀中矣。"

1972 年的五兄弟。

左起：刘亚洲、刘亚苏、刘亚伟 、刘亚军、刘亚武

四十一

当时我在宝鸡市民政局任副局长，另有一名副局长名叫刘德峰，是从宝鸡军分区支左留下来任职的，他的儿子

刘常军与亚军同年考大学。

7月9日下午，刘常军从考场回来，走进他爸的办公室，把书包往床上一掷，笑嘻嘻的，表情很是轻松愉快。我正在刘副局长办公室谈工作，看小刘这个高兴劲，想必一定考得不错，我问道："这次高考出的题难吗？"他漫不经心地回答："不难，题是很简单的，我都答出来了。"我估计刘常军考上大学是没有问题的了，但不知亚军考得如何，我赶忙回家去，看到亚军俯卧在床上唉声叹气，情绪十分低落，我想一定考得很糟，不然的话，怎么和刘常军表现完全相反呢。

我的心中一阵难受，走到他面前轻声问："你考试的感觉如何，题目很难吗？"他懊恼不已："题目出得太难了，有些题复习时都没有做过。"他的自尊心太强，对自己要求高，总感到无把握，考好考差只有等成绩出来才能确定，现在我们能说什么呢。如果批评他，对其情绪更有影响，想安慰他，又不知该说些什么好，我悄悄退出他的卧室。

大约过了半个月，分数公布，他和章羽杨、吴迎凯都达到了重点大学录取线。市招办通知学生体检，当时我们都很高兴，让他赶去医院检查身体，我想亚军身体素质还不错，除了1976年得过一次急性肝炎，痊愈后转氨酶一直处于正常值，身高一米七五，五个兄弟中数他最高，估计体检会合格的。事情常不以人的意志为转移。谁知体检表上心、肺一栏内填的是："胸部两肋塌陷，肺活力不足，不予合格。"看到体检表我大吃一惊，他成绩考上去了，可体检被淘汰下来，真是太冤枉了。这也不是什么大病，可能是小时候睡了七个月软躺椅所致。怎么办？民政局和卫生局、教育局都在一个大院内办公，该找教育局还是该找卫生局呢？我请刘德峰副局长帮我出主意，他认为体检问题找卫生局妥当些。

我就找卫生局闫维民局长，闫局长听完我的叙述后，答应给我想办法。事隔几天，闫局长告诉我事已办妥，我就放心了。

大约8月20日，亚军接到西安交通大学的录取通知书，吴迎凯也被交大录取。晚些时候，章羽杨接到西北电讯工程学院录取通知书，他们结伴去西安，然后到各自学校报到。

亚军被分配在机械系设计制造专业，还担任了班里的团支部书记。十二年的寒窗苦读，总算圆了大学的梦。当他在西安上大学时，亚伟亦在西安，就读于西安外国语学院，亚伟给他不少关照，两兄弟仅差两岁，关系处得很好。亚伟毕业后被分配在西安工作，不时抽出空来照顾他。

亚军上大学期间表现很好，除负责团支部工作外，还担任了班干部，多次被交大表彰为三好学生。

他在任团支部书记时，有个同班同学叫谢丽惠，浙江省丽水人，是团支部委员，两人工作上常有联系，日久生情，在校期间建立了恋爱关系。

他虽然没有向我们透露过女方的情况，但我还是觉察到一鳞半爪。记得有一次我们去交大看他，在他宿舍里的桌子上放着一本很厚的登记册。我随手翻开一看，其中有一份学生登记表的右上方贴着一张两寸的黑白照片，从籍贯看还是我的老乡。我感到惊讶，浙江的女生来北方上学，还是比较少的。粗略看了一下内容，其父谢文勇是一位内科医生，其母是个小学校长。我端详照片，无意中讲了一句："这个女学生长得还可以。"难道是说者无心，听者有意吗？

四十二

1983 年，亚军从西安交大毕业，分配到江苏省苏州市轴承厂。由于工作积极，认真负责，得到全厂上下的一致好评，不久就由技术员提拔为车间主任。

我们干休所在西安小寨，因亚伟迟早要出国，我们如果在西安定居，仍然没有子女在身边。经组织批准，我们离开西安干休所，进入二十一军干休所。我们通过潘子健同志（原六十三师宣传科科长，后转业至浙江省计委任处长，主管大学生分配）的关系，将亚军从苏州调到杭州，分配到浙江省机械研究院工作。

我们从兰州向杭州发去一个集装箱，基本生活用具都齐备了。这时谢丽惠分配在上海第二机床厂工作，为了生活方便，谢丽惠要求调到杭州，也分配在省机械研究院工作，亚军被选调到院直属的实验厂当厂长。

1987 年 7 月，建德第一次陪我回到苍南县宜山镇的老家，与我兄弟姐妹以及亲属们共赴溪头坟山，祭拜我的父母，并在父母的坟前叩了几个头，以表子女的孝心。

在宜山镇仅住了两天，我们就赴丽水参加亚军的婚礼，婚礼由谢丽惠的娘家举办，办了十几桌酒席，来参加婚宴的人不少，在我的几个儿子中，就数亚军的婚事办得隆重。在婚礼上，我们遇到了原二十一军招待所所长杨樟桂，他老婆遭车祸后，娶梁玉娥的侄女小良为妻，他夫妇俩是来参加亚军婚礼的。杨樟桂转业后，在丽水地区航运站当站长，熟人相见，格外亲切，我们两家在丽水一个饭店里住了两个晚上，聊天叙旧。

7月的杭州，骄阳似火，酷热难当，我们住的干休所住宅楼被太阳晒得热气腾腾，简直无法住人，我们就住在楼下一层，睡床上受不了，就搬到地上睡，下边只铺张竹席子，仍然不能入睡，电扇通宵达旦地吹着，也无济于事。

清晨五点，我提着篮子去卖鱼桥买菜，来回走不了多少路，却要热出一身汗。我满身长满了痱子，奇痒难熬，整天忙着用热水洗身，而后用痱子粉和痱子水拭身，什么事都干不成。于是我们商定，每年夏天到兰州去过。

四十三

1990年3月，我们带着潺潺去北京的美国驻华大使馆签证，没有费劲就通过了，在北京停留几天，就去杭州了。

亚军的单位已分给他一套房子，我们住在楼上，他们一家住楼下。他每天除了陪我们看电视、搓麻将外，还继续复习英语，经常学习到凌晨三四点，学完睡一会儿，六点钟骑单车去上班。为了考托福，达到出国深造的目的，他不辞劳苦攻读英语过难关。按说当时在国内他是很有发展潜力的，当厂长时，工作突出，被提拔为省机械厅情报处副处长，二十八岁就到了副处级。他年轻有为，处事老练，机械厅的一位副厅长很欣赏他的才干，推荐他到丽水市当主管工业的副市长，或者到一个处级干部的位上，他都拒绝了，决心要出国闯一闯。

他大哥一直对他出国持保留态度，但我们看他学习如此刻苦，不便当面制止，孩子长大了，前途命运由他自己决定吧。

1991年，亚军考托福，成绩虽不太理想，但已超过了录取线，美国的学校发了录取通知书。亚军办妥一切出国手续后，去美国驻沪总领事馆签证。当他从上海回来时，情绪十分沮丧，唉声叹气，尚未开口，我们已明白了十之八九，肯定是被拒签了。美国驻沪总领事馆拒签，没有什么理由可讲，根本不对签证者解释。

无奈之下，求助于他的大哥，亚洲为他出国求学，尽最大努力周旋。过了几天，驻沪总领事馆给亚军来了电话，让他去上海一趟，同样是任何解释都没有，就给签证了，总算获得了去美国就读的机会。

他决定于 1991 年 7 月初赴美，我们刚从杭州回到兰州不久，没有必要再去了，派亚武去了一趟杭州，代表父母为他送行，捎去了五千元人民币和一千美元，因他是自费上学，公家不管的。

他就读于乔治亚州学院，因机械专业当时在美国吃不开，他就改学经济管理。虽然校方给他免了学费，但吃住还是要开销的，他申请当助教，一时没位置，就在学生食堂打工，这样起码可以免交伙食费。打了半年工后，他申请到助教职位，并在学校计算机室里工作。由于学习成绩不错，校方批准每月给他六百美元奖学金。

他们的儿子生于 1990 年 7 月 14 日，我当时在美国，建德在兰州，亲人分散四面八方，故建德为其取名刘方。他出生于西湖边，西湖中有一个小岛名叫小瀛洲，他的父母又取了一名叫刘瀛瀛。

亚洲的儿子刘林智，是我们第三代的第一个孙子。刘方是第二个，他爸走时他才一岁，他妈走时也才一岁零八个月，主要由他外婆带大。他的外婆叫张玉兰，原是丽水市一个小学校长，因女儿生孩子，为带好外孙就提前退休了。他的外公谢文勇是丽水医院内科医生，研究心脑血管疾病。他们先后三次赴美，第一次大约是 1993 年送瀛瀛去美国，第二次是 1994 年，我和建德于 1994 年圣诞节前赴美，正遇上他的外公外婆均在美国，我们同住亚军家。2 月底，乘亚军去佛罗里达开会之机，我们一起去迪士尼乐园游玩，建德突发心脏病，在回亚特兰大市亚伟家的途中，幸亏老谢懂得心血管病人的护理，一路上总算未出大的问题，平安抵达，得到及时治疗，我从内心感激老谢对我们的帮助。

亚军出国五年，一直没有领到绿卡，连家也不敢回。1998 年 12 月，因他的护照超期，返回美国驻沪总领事馆重新签证，顺便到兰州看望我们，我们整整三年没有见面了。我又十分担心，如果美国驻沪总领事馆不予签证怎么办？他由兰州至上海后，一切手续办妥，我们这才放了心。

1999年6月24日，谢丽惠又得一女，取名园园，我曾给她取名叫刘小波，他们觉得继刘方之后叫刘园比较好，方方圆圆十分美满，一男一女随心顺意。

他们已买下一幢房子，定居于辛辛那提市，丽惠在一家电话公司搞软件工作。亚军自学电脑获电脑工程师职称，给网络公司老板打工赚钱，客户买了设备和软件后，他去负责安装测试等售后服务。

亚军于2000年元旦携全家到北京，聊天时谈起过工作不理想，工资太低，想跳槽，他俩只是为别人打工度日子，住行方面可能比国内强一些，但他的仕途就因为赴美而结束。

亚军曾是个很有领导能力和工作水平的基层干部，在交大学习时获"优秀共产党员"称号，从毕业至当上省机械厅情报处副处长，仅五年时间。我很替亚军可惜，如果他仍留在国内，肯定会大有前途。这些都是我们对他出国的看法，亚军是否有此想法，我们亦不清楚。世上没有后悔药。不管怎么说，现在他们全家在美国定居，生活也比较安稳，但愿他们在异国他乡平平安安。

四十四

五子刘亚武，1968 年 7 月 29 日生于陕西省宝鸡市西关人民医院，属猴。

他是我们最小的儿子，与他爸爸同一天生日，他爸生于子时，他生于酉时，前后相差九个时辰。

我生于 1932 年，亚苏生于 1956 年，亚武生于 1968 年，三人都属猴。俗话说，家有三只猴，吃饭不用愁。我们虽是部队高干家庭，但属于工薪阶层，虽然不像老板大款那样日进斗金，但毕竟收入有保障，勤俭节约为本，每月的收入也够花了。

小五的出生说经历千难万险亦不为过。由于"文革"的特殊年代，部队由山西来到陕西支左，从上至下各级党委，各层领导干部，被造反派们冲击得狼狈万分：遭围攻，被揪斗，有的甚至被剥夺人身自由关进"牛棚"，抢班夺权步步升级。

　　走资派、资产阶级权威、叛徒、特务……各种帽子满天飞，谁被扣上就道不清说不明，只有挨整的份儿，一切都处于混乱状态下。我和其他家属一样，随着部队来到宝鸡市，在没有单位接收、工作无法落实的情况下怀孕了。

　　其时，我们家已有四个男孩，个个都活泼可爱，聪明伶俐。虽然男孩顽皮一些，常与小朋友们打架吵嘴惹我们生气，但淘气的孩子不等于没有出息，尤其是亚洲，不满十六岁就离家参军，在六十三师"英雄连"经受磨炼，工作干得有模有样。我们都想再生一个女孩子，因为女孩子心细，更会疼人，况且清一色的男孩也太单调了。

　　怀孕后，我去与师部驻地党校一墙之隔的宝鸡市人民医院，妇产科黄医生为我作了检查，并询问了妊娠反应等一些情况，断言我怀的是个女孩子。我已有四个儿子了，对能否生个女孩没有把握。我感到生养孩子非常疲劳，打算不要这个孩子了，黄医生的判断坚定了我的信心，一条小生命留了下来。可惜后来我和黄医生没有联系，否则应该让小五去感谢他的救命之恩。

　　怀这个孩子，我感到是最累的一次，毕竟已是三十六岁的人了。工作、家务两副担子一肩挑，特别是工作单位在离家很远的粉末冶金厂，早出晚归，每天要骑车好几十里地。

下班后，两只脚肿得发亮，鞋穿不进去，只能穿他爸的布鞋。为生这第五个孩子，我和他爸多次交流过思想，如果生个女孩子，那是我们的福分，四个儿子出去干事业闯天下，留个女儿在身边，我们将来老了有个依靠。但万一黄医生判断不准，又生个男孩怎么办呢？

7月29日上午八时左右，我骑车上班，刚走出党校大门口，感觉有预产的征兆，我放下自行车走向医院，妇产科医生检查后，让我立即进病房待产，我已经生过四个孩子，心情平静地在产床上睡了一个午觉。

一觉醒来，整个产房静寂无声，我环顾四周，周围的墙壁和顶棚都是白色的，房门、窗户、药柜亦是白色的，给人宁静肃穆的感觉。天蓝色的窗帘随风微微飘起，阳光透过窗帘跳跃在金属的医疗器械上，时而闪闪发亮，时而无影无踪。产房分里外两个套间，我睡在内间的产床上，外边的产房有两张，都铺着雪白的床单，与别的科室人声喧哗、人头攒动比起来，这里宁静而悠远。

　　时而有穿白衣的护士伸进头来观察一下情况，时而有并不激烈的阵痛，看样子这孩子不急于出来，还想在母体内体验一下最后的幸福时光。

　　建德当时是六十三师副政委兼宝鸡市革委会主任，因为要上班，没有来医院看我，但他在办公室里却心如油煎，一则我是高龄产妇，怕有意外；二则不知是男是女，一旦是男孩，又适逢他人有女孩出生，换不换，心情矛盾。

　　真是人算不如天算。我进产房是早上八时左右，婴儿出生是晚上九点三十六分，在产房至少待了十二个小时，这座宝鸡市第二大医院，那天居然没有一个产妇来生孩子。

　　我相信命中无女，不得强求，便做了绝育手术。儿子出生后，与我一见面，我十分疼爱。

　　我父亲因我不是男孩而冷眼相看，给我取名"多余"，这样的事情我可不能干。说来也是奇怪，我母亲一生中尽生女孩，为生男孩，耗尽了心血，而我一生中生了五个孩子，全是男孩，这里面是不是有什么遗传变异的科学道理？

　　小五出生时，建德已经四十五岁，中年得子，更视如珍宝，怜爱不已。

　　我们母子俩三天后出院回家。突然医院来电话，说有个产妇想生个男孩，结果是个女孩，想跟我们交换一下，征求我的意见。我断然谢绝了，当时有这么几个考虑：小五已抱回家，他的哥哥们都知道又多了个小弟弟，突然换个女孩来家，孩子们自然接受不了；我已向小五喂奶了，有了深深的母爱，换个别人的小孩，感情难以沟通；这个妇女家在农村，一旦交换，孩子前途命运会让我牵肠挂肚，如不顺利，会遗憾一辈子，增加莫大的精神负担。我又一想，与其换过来不如领回来，毕竟我家条件比那家要好一些，而且他们又不想要这个女孩。我们抱养这个女孩，既能减轻那家的经济负担，又要满足我们的求女需要。

　　转而又一想，觉得这样还是不妥，因为几个孩子都已经大了，肯定会知道这件事，如果联合起来欺负这个孩子，既影响家庭安定，又招来闲言碎语，而且也对不起人家的父母。考虑再三，还是不抱为好。

　　假如这个女孩出生在我出院之前，我会把她一起抱回来的，就说是龙凤胎，这样能自圆其说，孩子们亦不会怀疑。可惜，没有这个缘分呀。

这个女孩如今也长大成人了，也当是为人妻、为人母了，祝愿她生活美满幸福。

四十五

到要报户口时，我们还没有给孩子正式取名，师部医院有个护士叫章倚文，来我家看我时，闲聊中我提到此事，她顺口讲了句："毛主席最近提出了'要文斗不要武斗'，《人民日报》还发表了社论，那就取名刘亚文吧。"我们没有异议，就按此名报了户口。但大家都习惯叫他小五，很少叫他的名字，因五与武是谐音，到他上学报名时，就把名字改成了刘亚武。

他小时候很乖，很少哭闹，长得白白胖胖，脑瓜挺好使，教什么就学什么，学什么像什么，教他唱样板戏《智取威虎山》，一招一式，一板一眼真像那么回事。

小时候小五经常和他爸一起外出散步，一次走到一个山坡下，一群羊正在吃草。其中一只母羊奶子很大，沉沉地挂在身下。小五见了，向他爸表示了极大的诧异：咦，这只羊怎么两个头？

　　我们把他当女孩子来养。当时布票紧张，一些库存的花布可以减布票出售，我就买些花布回家，用缝纫机给他扎花衣花裤，穿上之后，再梳个小辫子，整个一个二丫头，至今尚有相片留存。

　　疼爱老幺是许多家庭的习惯，我们家也不例外，特别是大姐，总是格外呵护他。我买的橘子水、饼干、牛奶之类的东西，大姐怕他几个哥哥吃掉，就想方设法把这些东西藏起来，留给他吃。

　　这一举动，使得他的哥哥们很是妒忌和失落。以他二哥为首，经常来搜寻，翻箱倒柜，把大姐藏的橘子水喝得精光，把每天订的一斤牛奶也给喝了。

　　大姐气得不得了，在我面前告亚苏的状，手心手背都是肉，我能说什么呢？

　　"文革"期间买什么东西都要凭票证，搞得孩子们很可怜。

　　当时大姐户口尚未迁来，没有粮食供应计划，加之孩子多，粮食不够吃，一些粮票都是其他同志支援的。吃饭都成问题，更别说买零食给孩子吃了。

　　小五的年龄也是他大哥的军龄，亚洲1968年3月入伍，小五 1968 年 7 月出生，比他大哥的军龄少四个月。小五满月后，亚洲听说家里又添了一个小弟弟，回来看望我，他对这个小弟弟很是喜欢，抱在手里又哼又晃，很内行的样子。

四十六

　　小五上学时整八岁，当时有个说法，认为过早上学，孩子压力太大，加之当时我动过大手术，在西安第三军医大学第二附属医院接受治疗，也没有精力顾上他的上学问题。

　　到了 1977 年，他比他的同龄人低了一个年级，凭他的智力可以赶上一个年级，我就利用去上海第二军医大学检查身体的机会，教他念完二年级的课程，从上海回来后，又让他重新复习了一遍，下学期报名时，跳一级升入三年级念书。

　　1981 年 6 月，他爸由二十一军调至兰州军区后勤部工作，我亦随调到兰州，因他须念完初中一年级才能转学，便由大姐带着在宝鸡住。学期结束后，我去宝鸡搬家，帮他转入兰州市第十四中学念初二，他在十四中整整念了五年书，1986年高中毕业考入陕西省三原空军导弹学院，当了一名军校生。

他在十四中上学时，政治表现特别好，是个很文静又爱运动的学生，从初中到高中毕业，几乎年年都受表彰奖励，三好学生的奖状比他任何一个哥哥都要多。尊重教师，团结同学，担任了校学生会主席，曾被评为兰州市优秀三好学生，并当选为甘肃省青年联合会委员，这些政治荣誉对他报考军校很有帮助。

小五高考多多少少有些"破釜沉舟"的悲壮。他大哥刘亚洲是武汉大学毕业，二哥刘亚苏取得石家庄高级步校和南京国际关系学院两个大专文凭，三哥刘亚伟是西安外国语学院本科生，四哥刘亚军是西安交通大学本科生——他四个哥哥都是大学生，他如果考不上大学，肯定会感到愧对父母，亦没有脸面见他的哥哥。

这种特殊环境造成的压力时刻在警示激励着他，因此高考前复习功课非常认真。有时我一觉醒来，时针已指向两点多，他卧室的灯还亮着，我们就起来叫他熄灯，他这才就寝。

关于小五入导弹学院，还有一段小插曲。他考分刚刚进入四百分，离第一批录取投档线还差几分，由于他是兰州市优秀三好学生和甘肃省先进青年团干部，可以加十分。当时导弹学院来兰州招生的是李宁（现任兰州军区干部部调配处处长）和一位姓马的同志，住在省军区招待所，凡来甘肃招军校生的均住此处。

我曾去咨询过有关情况，与李、马两位同志相识。到正式录取阶段时，他们全部住进永登县炮十五师招待所，进行封闭式管理，隔断与外界接触。

按录取条件，小五是够的，但为防节外生枝，我们必须与地方招办和招生单位取得联系。我所在人行机关党委书记海呈瑞同志认识招办的同志，我们便请他出面帮忙。海书记陪他爸一起去永登县炮十五师，请师里的同志将招待所所长找出来，再请所长去找李宁，李宁认为亚武德才兼备，政治思想基础好，军校非常欢迎，一口答应录取，并把学生档案投到导弹学院。

兰州气候早晚温差大，中午时分也会有三四十摄氏度。从兰州去永登，要坐好几个小时的火车，一路颠簸。建德那时已经六十三岁，为了儿子的前程，奔波劳累，不辞辛苦，真是用心良苦呀!

在三原导院读书的四年中,他三个哥哥、嫂嫂均在西安工作和上学,经常去三原看望他。我们外出返兰州时路过西安,也要到学校去看看这个老么。

他大哥亚洲十岁便独自一人在太原育英学校上学,他三哥亚伟十一岁离家去西安读外国语学校,相比之下,他现在的条件好了不知多少倍,我们都挺放心。

四十七

1990 年 5 月,我送孙女潺潺往夏威夷,建德送我去北京,乘火车经西安时,亚武正在西安黄河厂实习,请假到火车站,进入车厢里看我们。我 1991 年从美国回来时,他已经毕业分配到北京军区空军导弹四师十一团八十五营一连任技师。

1993 年春节,他从北京返兰州探亲,我们为他和小郑举行了婚礼。他们什么时候恋爱的,感情有多深,我们都不清楚,小五也没有向我们说过。一代人有一代人的选择,一代有一代人的眼光,我们当父母的很少去干涉儿女的婚事，这是明智之举。

据说小郑的父母均是大学生，其母罗文德是十四中学的美术老师，原籍四川宜宾；其父郑俊民是兰州市教育局局长，后升任甘肃省联合大学副校长，为人很随和。小郑在甘肃电视台工作，大专毕业，她和小五是同年生，还大小五几个月，结婚时，他们俩年龄加在一起整五十岁。

结婚仪式非常简单，没有主婚人，没有入洞房仪式，只是请小郑的父母来我家一起吃了顿饭。像我们这样的军人家庭，从不讲究排场，重要的是感情。结婚后第二天他俩就旅游去了。

婚后三个月，小郑放弃了甘肃电视台的工作，以借用的名义给中央电视台帮忙。

按建德的意见，是想把小五调回兰州部队，有个儿子在身边，老有所靠。家人也有反对的，认为许多人挤破头想进北京都进不来，既然进来了为什么要出去呢，将来要想进就很困难了。亚苏、马欣都支持他留在北京工作，并将他们在空军幸福村干休所分配的房子给小郑住。在北京最大的困难是住房，其他事情都好办。

基于此，我们就不再要求他调回来了，何况小五的媳妇已去北京安家了，我们还期求什么呢？事后谈起住房的事，小郑和小五都十分感谢马欣。

四十八

小郑到京三个月左右，小五担任了八十五营一连指导员，驻地在京东平谷县（现为平谷区），坐公共汽车到家要一个小时。他在连队是主官，和连长轮流回京，每两周回一次家。他一心扑在工作上，和士兵们打成一片，工作带头干，连队全面建设比较好，被空军树为标兵连队，成为北空基层建设的一面旗帜。他个人被空军评为优秀基层主官，还在导弹四师政工干部会议上介绍过工作经验。

他 1990 年分配到北空部队时，亚洲还在长辛店装甲兵研究所当政委，1995 年才调到北空政治部任副主任。他是先于他大哥到北空的，有人说刘亚洲利用职权把他五弟调来北空，完全是空穴来风。亚洲对他弟弟的任职问题十分慎重、严格。

1989 年 4 月，陈于湘夫妇与第三代合影。

左起：刘建德、刘小溪（刘亚苏之女）、刘潺潺（刘亚伟之女）、

刘林智（刘亚洲之子）、陈于湘

　　1996 年，他被任命为技保队指导员（副营级），实际上没有到位，一直担任八十五营副营长的工作，干了两年多时间。后八十五营缺教导员，当时从任职年限和能力素质看，他都可以任此职，但导弹四师却下通知让他代理教导员，一代就是七个月，直到 1999 年下半年，才正式任命为八十五营教导员。

小五 1990 年本科毕业，中尉副连，按现在干部晋级政策，副连到正连两年，正连到正营六年，按部就班他应当在 1998 年 7 月到正营职，非但没有快，而且慢了，而且不是本人原因。

在这个问题上，我们也能看得开，现在的部队年轻干部确实起步比较晚，参军时至少十八九岁，又有那么多的条条框框限制——这也是必须的，正规化建设离不开规章制度。但一个不可忽视的事实是，正规化与年轻化的关系没有协调处理好，以至于现在一强调年龄因素，许多干部就无法接受。

四十九

他俩都还年轻、贪玩，认为现在要孩子条件还不成熟，小五的意见是最好一个孩子都不要，两人一到周末还可以爬山、游泳，想干什么就干什么，有了孩子就是个累赘、包袱。难怪他们结婚都七年了一直没有孩子！我有点沉不住气了，先教训小五，再教育小郑，挨个训了一通话，最后下了死命令：必须要一个孩子。

他俩都没有表态，沉默就是对抗，就是保留意见，这一招我小时候早用过了。我就动员小郑的父母来做工作，总算把他们的思想工作做通了，终于怀上孩子，我甚是高兴。

2000 年，小五所在的营赴闽轮战，难得的一次全面锻炼的好机会，他坚持要去，谁也劝不住。

小郑分娩期恰巧是小五去福建轮战期间，军人有任务就冲，不能因为老婆生孩子不去轮战，我们都是军人出身，对此有正确的认识。小郑毕竟是地方的，不熟悉部队的事务，有些想不开，我们就跟她讲道理，晓以利害，最终她也理解了。

我们都是年迈之人，照顾起孩子来有些力不从心，就请她父母从兰州来北京照顾她。媳妇对婆婆有些话不好讲，只能通过儿子来转达，面对母亲就不用了，撒个娇，耍点小脾气什么的，都可以接受。

小郑的预产期是 6 月 27 日，23 日那一天，她感到子宫突然收缩，我们以为要提前生产，打电话到福建，让小五赶快回京。回来后，又没事了，他挺焦急，前线很忙，不能待在医院里等产，我想亦是，就替他买了 25 日的机票。24 日晚上，小郑突然又有了预兆，于 25 日早晨六点五十六分产下一女儿，重五斤八两，母女平安，我们也就放心了。

我建议小五推延两天陪陪小郑，不要待时间太长，小五听从了我的意见，于 6 月 27 日乘飞机返回福建。我总感到军人应该如此，不能过于儿女情长。北空蒲政委、师里王政委都到前线去了，营里的教导员不在位，不太合适，顾全大局要紧。

最小的儿子生了孩子，而且计划生育只能是一胎，毫无疑问这是我们最后一个孙辈了，我就为她取名叫刘小洁。我的想法是，生完这个孩子就结束了，洁与结谐音，另外还有纯洁的意思。他们不太欣赏这个名字，就让他大哥给取名字，亚洲从元好问的《摸鱼儿》一词中挑出两个字，取名暮雪。这个名字很好听，有艺术性。"君应有语，渺万里层云，千山暮雪，只影向谁去。"

五十

这一对小夫妻比较单纯、听话，对我们老两口都很孝敬，与他们的哥嫂也都相处得不错。他们年轻，善解人意，与孩子们鲜有代沟。侄子侄女们总是五叔、五婶叫个不停，刘小溪性格倔强脾气大，有时不大听父母的话，但可以与五叔交流思想；小溪去美国学习后，一直与五叔保持网上联系。

孩子在父母的心中总是长不大的。小五 1986 年入伍，本科学历，2000 年 12 月调为副团，任导四师十一团政治处主任。进步不能算快，但他尽了努力了。他是个心地过于善良的人，但愿好人一生平安，也祝愿他能筚路蓝缕，奋发进取，建功军营，报效党和军队的培养之恩，报答父母的养育之恩。

2000 年 12 月 13 日，我和建德夫君受邀去广西南宁市，刚到第一天，于下午四点半左右他午休起来，在活动室打牌，不知何因突然倒下，李政委和我们一起赶过去，立即叫 120 救护车，空七军军部的保健室也派人来急救，但他已经停止呼吸了。

医院认为是心脏猝死。

呜呼哀哉！

刘建德在去世前最后一张全家福，摄于 2000 年 1 月。
左起：刘亚伟、刘亚洲、刘建德、刘亚苏、陈于湘、刘亚军、刘亚武

生活是一部关于人生的英雄史诗

八十寿辰抒怀

（代跋）

人生七十古来稀。

尚记得幼时牵水牛唱儿歌走向雁荡南麓放牧之景，倏忽间，已是祖母级的老人了。

八十载风吹雨打，八十载酸甜苦辣，八十载轮回悠远。

梁启超说，老年人常思既往，少年人常思将来。

人生迟暮，世事蹒跚，楼台烟雨，魂牵梦萦。

四九年前，艰辛中获取三次解放。

九岁时，抗击童养媳陋俗，性格决定了命运。

十四岁时，考取师范学校，知识改变了命运。

十七岁时，加入革命队伍，家庭成分影响了命运。

四九年后，奋进中经历三次磨难。

五十年代，被诬陷为三青团成员，先后三次被党拒之门外，苦熬九年始转正。

六十年代，被诬陷为造反派骨干，勤奋工作却不受重用，团职十载慢悠悠。

七十年代，被诬陷为冤案制造者，数十次申辩无济于事，挨整挨斗四春秋。

一生奔波劳顿，足迹遍布浙苏沪吉鲁皖陕晋陇九省市，搬家七次，转换工作单位八个。一生阅历丰富，上学、务农、参军、经商、招工、当官、士农工商，百业俱为。

一生命运多舛，军地工作四十一载，蒙冤受难廿三年。心事付瑶琴，弦断无人听。

一生坦坦荡荡，做过错事，有过憾事，唯没干过坏事。扪心自问，遗憾良多，愧怍尚无。

一生忠诚信仰，叛离地主家庭，投入革命阵营，一颗红心两只手，世世代代跟党走。

一生幸福美满，夫君慈爱，相濡以沫；身被五子，仁爱孝悌；孙儿茁壮，安享天伦。

晚年的刘建德与陈于湘

八十寿辰时，友人送对联一副：

抗童媳旧婚，抗豪门礼俗，抗极左行状，从淑女到战士。
侠骨柔情担道义，历尽政事变幻岁月沧桑。
为国家戍关，为百姓解难，为夫君奔波，越鳌江及贺兰。
春晖润泽育斯儿，笑看武略文韬魁子栋梁。

虽多有溢词，但概说准确。
人生如水，岁月随风，良知勿失，道义勿忘，炎势勿趋。
炎凉沧桑，更替浮沉，仁者无敌，智者无敌，强者无敌。
生活，当是一部关于人生的英雄史诗。

陈于湘

2012 年 3 月 28 日于北京

陈于湘年谱

1932 年 2 月 8 日	出生于浙江省温州市平阳县宜山镇陈家寺村
1941 年	生母病逝
1947 年	就读于平阳师范
1949 年	实习于钱库镇小学
1949 年 6 月 18 日	参军入伍（六十三师青训队）
1949 年 9 月	师农村土改工作队（队员）
1950 年 2 月	卫生学校学习（排长）
1950 年 10 月	一八七团卫生队卫生员
1951 年	六十三师政治部秘书科收发员
1951 年 5 月 15 日	结婚
1951 年	六十三师青年科干事
1953 年 3 月	抗美援朝（青年科干事）

1953 年 5 月	山东曲阜二十一军留守处第三妇干队（队长）
1958 年 8 月	山西省太原市建筑工程专科学校教务科副科长
1961 年	二十一军炮团（二次入伍）管理股文书
1964 年 3 月	随部队迁至山西省榆次市，晋中专署物资局人事科干事
1964 年	山西省电缆厂办公室主任兼人事科长（"文化大革命"开始，工作中断）
1967 年 2 月	随部队迁至陕西省宝鸡市
1968 年	宝鸡市人民印刷厂做工代会工作
1969 年	宝鸡市人民印刷厂革委会副主任兼政工组长
1976 年	宝鸡市民政局（副局长）
1981 年	中国人民银行甘肃省分行（工会办公室副主任）
1989 年	离休

图书在版编目（CIP）数据

　　回望风雨 / 陈于湘著. —— 北京：红旗出版社，
2019.8
　　ISBN　978-7-5051-4885-7

　　Ⅰ.①回… Ⅱ.①陈… Ⅲ.①回忆录－作品集－
中国－当代 Ⅳ.①I251

　　中国版本图书馆CIP数据核字 (2019) 第131099号

书　　　名	回望风雨			
著　　　者	陈于湘			
出 品 人	唐中祥		总 监 制	褚定华
责任编辑	朱小玲		封面设计	郭　鹏
出版发行	红旗出版社		地　　址	北京市沙滩北街 2 号
邮政编码	100727		编 辑 部	010-57274497
发 行 部	010-57270296			
印　　刷	北京市松源印刷有限公司			
成品尺寸	690 毫米 ×980 毫米　1/16			
字　　数	150 千字		印　　张	18.5
版　　次	2019 年 8 月第一版		印　　次	2019 年 8 月第一次印刷
ISBN	978-7-5051-4885-7		定　　价	88.00 元

欢迎品牌畅销图书项目合作　　联系电话：010-57270270

凡购本书，如有缺页、倒页、脱页，本社发行部负责调换